潮声万里

Echoing Tides

寻找古诗词中的航海和舟船

Exploring Navigation & Ships in Classical Poems

上海中国航海博物馆 编著

上海交通大学出版社
SHANGHAI JIAO TONG UNIVERSITY PRESS

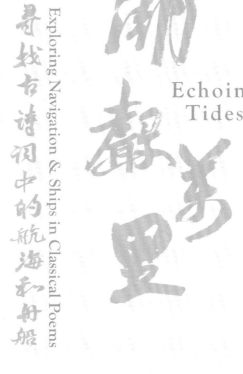

内容提要

本书以上海中国航海博物馆（下称“中国航海博物馆”）“潮声万里——寻找古诗词中的航海和舟船”展览为基础编撰而成。

中国航海博物馆从浩如烟海的古诗词中遴选100首与航海和舟船相关的佳作，翻译为白话文，配套航海知识点、长三角地区中小学生书画创作比赛作品、中外青少年诵读作品、中国航海博物馆馆藏船模和图文资料等，分为“自然之趣”“人海之情”“离别之意”“千里之志”“航向之技”五个部分，构建起一个蕴涵深厚的航海和舟船世界，推行航海文化视野下的博雅教育，展现人类的多元视角和情感表达，阐释古往今来的华夏儿女们对海洋和人性的丰富理解。

图书在版编目（CIP）数据

潮声万里：寻找古诗词中的航海和舟船 / 上海中国航海博物馆编著 . -- 上海 : 上海交通大学出版社 , 2023.12

ISBN 978-7-313-29628-3

Ⅰ . ①潮… Ⅱ . ①上… Ⅲ . ①古典诗歌—诗歌欣赏—中国②航海—交通运输史—中国—普及读物 Ⅳ . ① I207.2 ② F552.9-49

中国国家版本馆 CIP 数据核字 (2023) 第 215417 号

潮声万里：寻找古诗词中的航海和舟船

CHAOSHENG WANLI：XUNZHAO GUSHICI ZHONG DE HANGHAI HE ZHOUCHUAN

编　　著：上海中国航海博物馆
出版发行：上海交通大学出版社　　地　　址：上海市番禺路951号
邮政编码：20030　　电　　话：021-64071208
印　　制：上海颛辉印刷厂有限公司　　经　　销：全国新华书店
开　　本：889mm × 1194mm　1/12　　印　　张：20.667
字　　数：125千字
版　　次：2023年12月第1版　　印　　次：2023年12月第1次印刷
书　　号：ISBN 978-7-313-29628-3　　音像书号：ISBN 978-7-88941-612-2
定　　价：198.00元

本书编辑委员会

指　导

上海市交通委员会

上海市教育委员会

主　办

上海中国航海博物馆

上海市科技艺术教育中心

上海文广 SMG 文博东方

主　编

赵　峰　陆　伟

副主编

曾凌颂　沈　强　周　甜

封面题词

潘晓波

成员（按姓氏拼音排序）

常豆豆　陈　晨　姜波任　刘丹丹　陆佳宇　潘冬燕　宋　凯　王灵林

吴　鑫　吴俣阳　肖　杰　杨　扬　於燕燕　周　淑

前言

中国是一个诗歌的国度，始于《诗经》，历唐风宋雨的濡染，经元曲明戏的拓展，千里万里，千年万年，创造出无数流韵生香的诗文。

中国也是一个航海大国，拥有悠久的航海历史、先进的航海技术、漫长的舟船演变和灿烂的航海文化。

几千年的历史长河中，航海、舟船与古诗歌相互交织，展现出一幅幅瑰丽的风情画卷，反映社会生活、映照风土人情、启迪心灵智慧、传承千年文明。

本书从浩如烟海的古诗词中遴选100首佳作，依托长三角地区中小学生的书画创作比赛、中外青少年诵读作品、中国航海博物馆馆藏船模、书画作品等资料，构建起一个“潮声万里”、蕴涵深厚的航海和舟船世界，推行航海文化视野下的博雅教育，展现人类在航海和舟船方面的多元视角和情感表达，阐释古往今来的华夏儿女们对海洋和人性的丰富理解。

目录

第三单元　离别之意

第四单元　千里之志

第五单元　航向之技

第一单元

自然之趣

潮声万里，海纳百川。中国是一个江海大国，不仅有奔腾万里的长江、黄河，还有星罗棋布的百川支流，更有浩瀚无边的广袤海洋。历代文人墨客钟情江海，寄寓舟船，诗词传颂，笔墨生花。透过古诗词中所描绘的江水海浪、江潮海月、江风海雾、江舟海船，我们仿佛能身临其境地倾听到波涛的澎湃、舟楫的欸乃，饱览江海奇观，品味自然之趣。

手摇橹船（长：202 厘米　宽：55 厘米　高：60 厘米）

摇橹船是用橹来推进的船舶。橹由橹板、橹柄两部分组成，一般用绳索吊在船尾称为橹头的支点上，也有放在船头的头橹，以及放在船中间的腰橹。橹是在舵桨的基础上发展演变而来的，舵桨加长后操作方式从“划”演变为鱼尾式的“摇”，就产生了中国特有的“橹”。船工摇橹时，橹来回拨动水，利用水的反作用力推进船舶。摇橹船使用方便，在江南水乡广泛应用。

小雅·沔水（节选）

【西周】佚名

沔彼流水，朝宗于海。
鴥彼飞隼，载飞载止。

盈盈的河水，滔滔不绝，奔腾不息，竞相欢呼着汇入远处的大海。
矫健的鹰隼，振翅翱翔，勇猛迅捷，时而飞舞，时而停留。

朗读视频

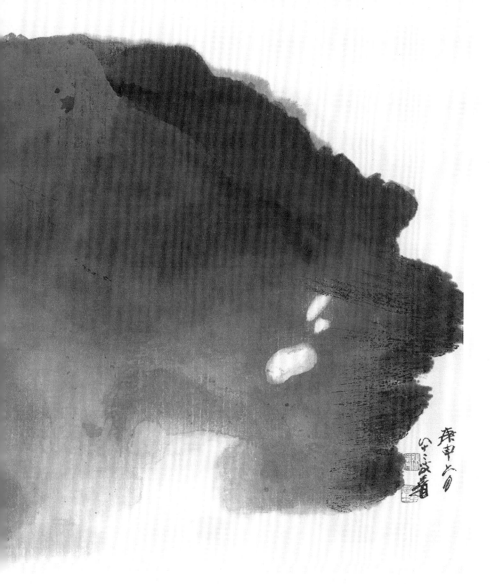

现代 张大千 《泼彩山水》

科普知识点

沔彼流水，朝宗于海

《诗经》是中国最早的诗歌总集，由孔子加以整理，收录了西周初年到春秋中叶的诗歌共305篇，又称“诗三百”。其中，有5首诗涉及“海”字，展现了先秦人们对海洋的初步认识。“朝宗于海”指支流汇入大海，说明了“百川归海”这一自然现象。

【观沧海】

【东汉】曹操

东临碣石，以观沧海。
水何澹澹，山岛竦峙。
树木丛生，百草丰茂。
秋风萧瑟，洪波涌起。
日月之行，若出其中；
星汉灿烂，若出其里。
幸甚至哉，歌以咏志。

向东而行，登上巍峨的碣石山，放眼望向苍茫浩瀚的大海，心情自是久久不能平静。海水起伏澎湃，波涛汹涌，山岛也高高地耸峙在海面上，好一派壮观的景象。

凝眸处，苍翠的树木郁郁葱葱，碧绿的芳草葳蕤茂盛。秋风吹拂着树木，发出声响，顷刻之间，那滔滔巨浪便像变戏法一样从海底喷涌而出，让人不得不感叹自然的伟大与神奇。

太阳和月亮的起落，仿佛都在这片大海里运行；星光璀璨的银河，亦仿佛是从大海里衍生而出。能够亲眼看见这等雄奇的景象，是多么幸运的事啊！姑且就用这首诗歌来表达我的志向吧！

朗读视频

现代 潘天寿 《秋帆》

科普知识点

东临碣石，以观沧海

《观沧海》是我国现存第一首完整的山水诗，也是一首海洋诗歌。公元 207 年，曹操亲率大军北征乌桓大获全胜，班师南归途中经过渤海湾时，登临当年秦皇汉武也曾登过的碣石山，触景生情，写下这首千古名篇。

游赤石进帆海（节选）

【南朝宋】谢灵运

扬帆采石华，挂席拾海月。
溟涨无端倪，虚舟有超越。

张开风帆，去海里采摘石华；扬帆起航，去海里拣拾月亮。

浩瀚的大海广阔无垠，抬头望去，只看到一艘空空荡荡的船舶在海面上超然漂行。

朗读视频

当代 秦剑铭 《春涛图》轴

科普知识点

扬帆采石华，挂席拾海月

中国帆有梯形、矩形和扇形等多种样式，早期的帆幕一般用竹叶、篾片、蒲等天然植物编织而成，形成篾帆、席帆（也称蒲帆）。

【之宣城郡出新林浦向板桥（节选）】

【南朝齐】谢朓

江路西南永，归流东北骛。
天际识归舟，云中辨江树。

舟船一路逆着江水向西南而行，连流水都知道它终将要归向东北角的大海，而我却要辞别家乡，一路朝着未知的地域前进。

在那水天相接的地方，虽然烟霭迷濛，还是能够很容易地识出归来的船舶；在那云雾缭绕的地方，苍烟袅袅，依稀能够辨认出江岸的树木。

朗读视频

现代 刘海粟 《天际归舟》

科普知识点

天际识归舟，云中辨江树

江面上易起雾，因水的散热要比陆地慢，比空气更慢，当气温已大幅下降时，而水温还在缓慢下降。在这温差影响下，江水蒸发到空气中开始凝结，就形成了雾。雾会降低空气透明度，使能见度变差，船舶航行“雾”必小心！

望天门山

【唐】李白

天门中断楚江开，
碧水东流至此回。
两岸青山相对出，
孤帆一片日边来。

长江仿佛一把巨斧，将天门山劈为两半，那碧绿的江水一路向东逶迤着奔流到这里，便会自此倏忽折回。

两岸高耸的青山连绵起伏，隔着长江相峙而立。江面上的一叶孤舟，更恰似从天边缓缓驶来。

朗读视频

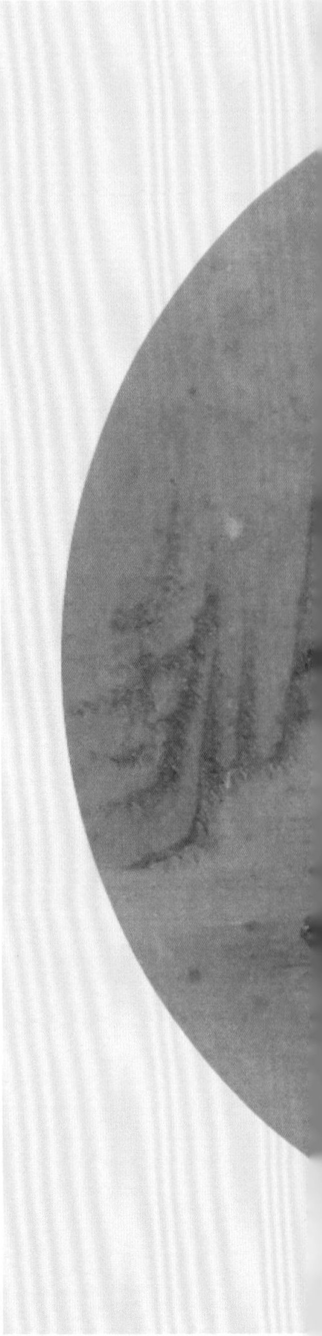

清 吴榖祥 《青绿山水人物图》

科普知识点

天门中断楚江开，碧水东流至此回

天门山位于安徽境内的长江两岸，东边是博望山，西边是梁山。两山隔江对峙，好像天设的门户，天门由此得名。楚江是长江流经旧楚地的一段。当高山上的积雪融化，形成的水流快速从山上流下来，一路不断侵蚀地面，经年累月，天门山就这样慢慢被“中断”开了。

【早发白帝城】

【唐】李白

朝辞白帝彩云间，
千里江陵一日还。
两岸猿声啼不住，
轻舟已过万重山。

清晨，我在飘忽的彩云间，默默辞别了被重山萦绕的白帝城，水流湍急，那远在千里之外的江陵城，只需行舟一日便可抵达。

两岸啼鸣的猿声不住地在耳边回荡，不经意间，那轻快的小舟，已然驶过了万重青山。

朗读视频

现代 齐白石 《一帆风顺》

科普知识点

两岸猿声啼不住，轻舟已过万重山

唐朝时对内河行船有航速规定：“舟之重者，溯河日三十里，江四十里，余水四十五里；空舟溯河四十里，江五十里，余水六十里。顺流之舟，即轻重同制：河日一百五十里，江一百里，余水七十里。”对船速要求轻重有别，顺溯有异。

【绝句】

【唐】杜甫

两个黄鹂鸣翠柳，
一行白鹭上青天。
窗含西岭千秋雪，
门泊东吴万里船。

两只黄鹂，在翠绿的柳枝间欢快地鸣叫；一行白鹭，心无旁骛地飞向湛蓝的天空。

窗前可以看到西岭千年不化的雪山美景，门外则停泊着从万里之外的东吴驶来的船舶。

朗读视频

三等奖
学生姓名：王黛西
指导老师：汪皓錱
就读学校：上海市周浦实验学校

科普知识点

窗含西岭千秋雪，门泊东吴万里船

三国时期，魏、吴两国大力发展水军，尤以吴国水军实力最为雄厚，“吴人以舟楫为舆马，巨海为夷庚。”东吴地处江南，江河众多，造船业十分发达，除了都城建业（今南京），武昌（今鄂州）、荆州（今荆州）、建安（今福州）、夏口（今武汉），都是重要的造船基地，不仅规模大，还设置了专职负责造船的船官。

【周庄河】

【唐】王维

清风拂绿柳，
白水映红桃。
舟行碧波上，
人在画中游。

徐徐的清风，缓缓吹拂着绿色的柳枝；清澈的河水，倒映着红色的桃花。

小船悠悠地摇曳在碧波之上，那船中的人儿仿佛在曼妙的画中游赏。

朗读视频

当代 林曦明 《清漓秀色》

科普知识点

舟行碧波上，人在画中游

王维是山水田园诗的代表性诗人之一，其作品“诗中有画，画中有诗”，描写山水田园的美景和人与自然的和谐，以清新淡雅、意境深远著称。舟船在山水诗中是一个常见的意象，经常被用来丰富诗歌的意境和表现诗人对自然景观的感受。

春江花月夜（节选）

【唐】张若虚

春江潮水连海平，
海上明月共潮生。
滟滟随波千万里，
何处春江无月明！

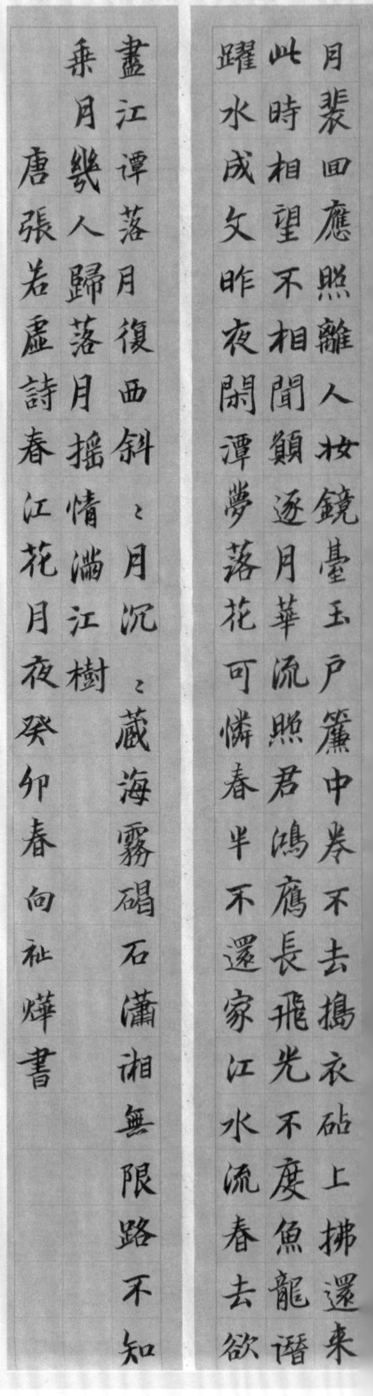
月裴回應照離人妝鏡臺玉戶簾中卷不去擣衣砧上拂還來
此時相望不相聞願逐月華流照君鴻雁長飛光不度魚龍潛
躍水成文昨夜閑潭夢落花可憐春半不還家江水流春去欲
盡江潭落月復西斜々月沉々藏海霧碣石瀟湘無限路不知
乘月幾人歸落月搖情滿江樹
唐張若虛詩春江花月夜癸卯春向祉燁書

春天的江潮气势浩荡，与一望无际的大海连成一片。一轮明月从海上倏忽升起，恰似与潮水一起涌了上来。

温婉的月光抚摸着江水，随同波浪闪耀了千里万里。放眼望去，普天之下，又有哪里的江水，不曾被这缕温柔的明月光深深地爱抚过呢？

朗读视频

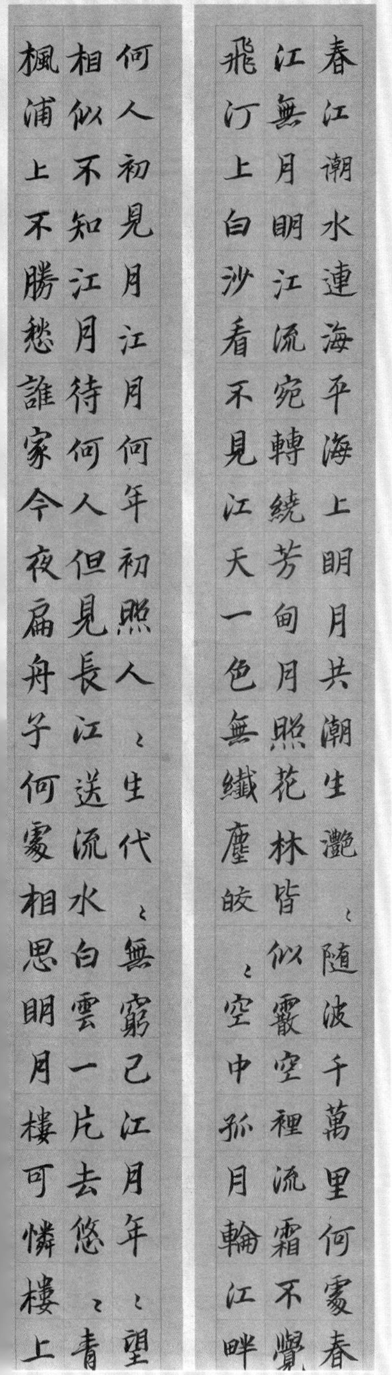

优秀奖
学生姓名：向祉烨
指导老师：钱利永
就读学校：上海市长宁区开元学校

科普知识点

春江潮水连海平，海上明月共潮生

潮汐是指海水在月球和太阳的引力作用下，海水周期性涨落的现象。古人将海水在白天发生的涨落称为“潮”，在夜晚发生的涨落称为“汐”，与“朝夕”相对，这就是“潮汐”名称的由来。

枫桥夜泊

【唐】张继

月落乌啼霜满天，
江枫渔火对愁眠。
姑苏城外寒山寺，
夜半钟声到客船。

月亮已然落下，乌鸦还在枝头不住地啼鸣，凛冽的寒气，迅即弥漫了一整片天空。独自望着江边的枫树和渔舟上点点稀疏的灯火，孤单的我更加忧愁难眠。

半夜里，幽幽的钟声从姑苏城外那座清静寂寞的寒山古寺，缓缓地传到客船上，又增添了我几缕愁绪。

朗读视频

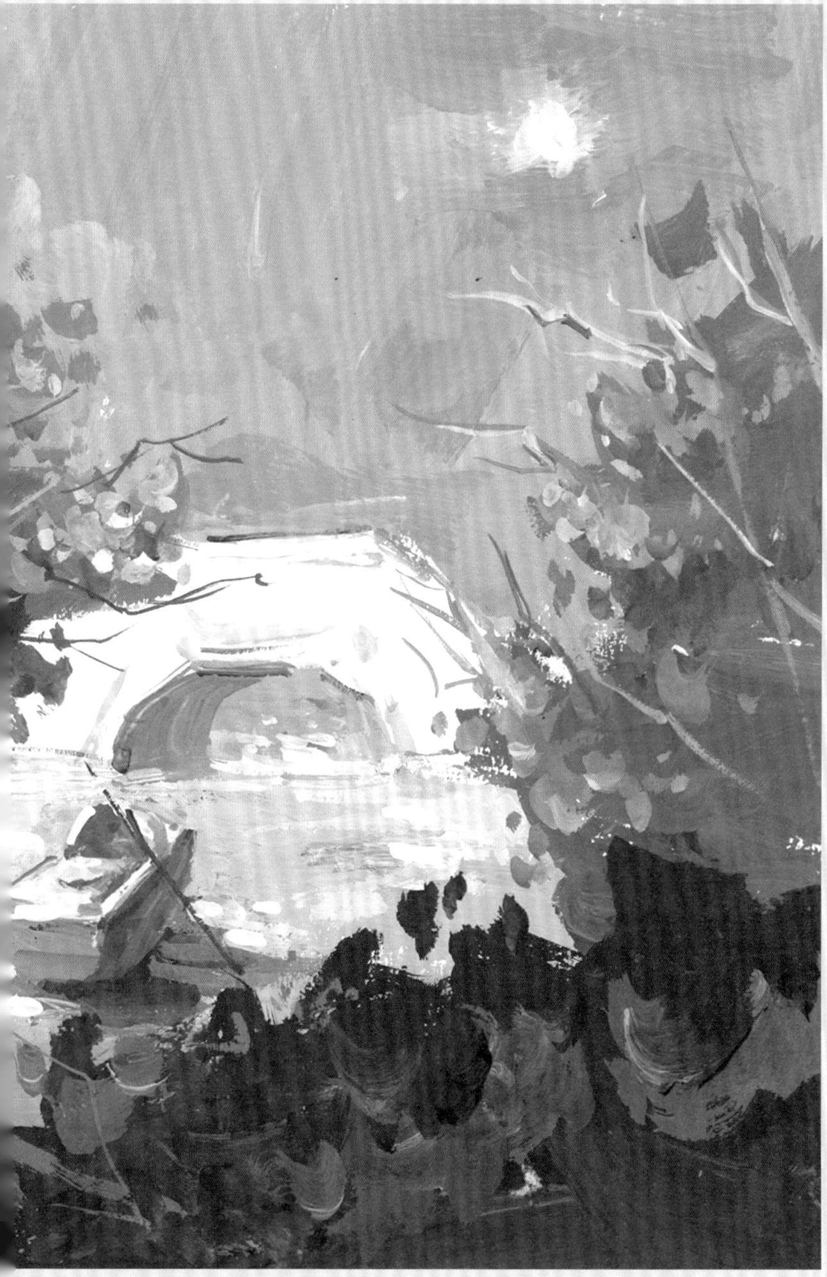

科普知识点

姑苏城外寒山寺，夜半钟声到客船

客船是指以装载游客为主的船舶，比较典型的有太湖吴江船、广东黑楼船、绍兴乌篷船、苏州快船、德清花船、苏杭航船、苏南烧香船、建德茭白船、长兴班堂船等。其中航船是一种重要的类型，常常往返于邻近城市间载客、寄书信及运载货物等。由于江南地区水网密布，水运发达，江浙沪等地的航船都很有名。

一等奖
学生姓名：彭韵菲
指导老师：朱宇
就读学校：上海市紫竹园中学

【滁州西涧】

独怜幽草涧边生，
上有黄鹂深树鸣。
春潮带雨晚来急，
野渡无人舟自横。

【唐】韦应物

最是喜爱水涧边生长的野草，还有在它上方树荫深处发出阵阵婉转啼鸣的黄鹂。

傍晚时分，春天的潮汐，夹带着绵密的细雨不断上涨，郊野的渡口阒无一人，船工已经不知道去哪里了，唯有一叶空空如也的小舟，还悠闲地横在水面上随波摇荡。

朗读视频

现代 潘天寿 《野渡》

科普知识点

春潮带雨晚来急，野渡无人舟自横

船在顺流情况下，方向稍有偏差，水流会推着它偏得更厉害。当船横向来流时，方向偏出些许时，水流会把它推回原来的位置。停在郊野无人看管的小船，在横向来流时的位置附近摆动，这就是“野渡无人舟自横”。

【浪淘沙】

【唐】刘禹锡

九曲黄河万里沙，
浪淘风簸自天涯。
如今直上银河去，
同到牵牛织女家。

迂回曲折的黄河，挟带着万里泥沙奔流不息，那波涛滚滚的巨浪，不住地在狂风中呼啸腾挪，仿佛来自遥远的天涯。

还等什么呢？现在，我们就可以沿着黄河，一直上溯到银河，一起去寻访牛郎织女的家了。

朗读视频

元 盛懋 《秋舸清啸图》

科普知识点

九曲黄河万里沙，浪淘风簸自天涯

黄河发源于青藏高原的巴颜喀拉山山脉，呈“几”字形，自西向东分别流经青海、四川、甘肃、宁夏、内蒙古、陕西、山西、河南及山东9个省（自治区），最后流入渤海。黄河在流经黄土高原时，会携带大量的泥沙，由此成为世界上含沙量最多的河流。

次北固山下

【唐】王湾

客路青山外，行舟绿水前。
潮平两岸阔，风正一帆悬。
海日生残夜，江春入旧年。
乡书何处达？归雁洛阳边。

我要去的地方远在青山之外，我坐的船儿行驶在碧绿的江水之上。潮水涨满，两岸之间水面宽阔，顺风行舟，故风帆高悬，触目所及，一派悠然自得。

夜幕还没有褪尽，旭日已在江上冉冉升起，哪怕依旧还是旧年时分，江南已有了春天的气息。寄出去的家信，不知何时才能抵达？那北归的大雁，请把我的信捎回我的家乡洛阳。

朗读视频

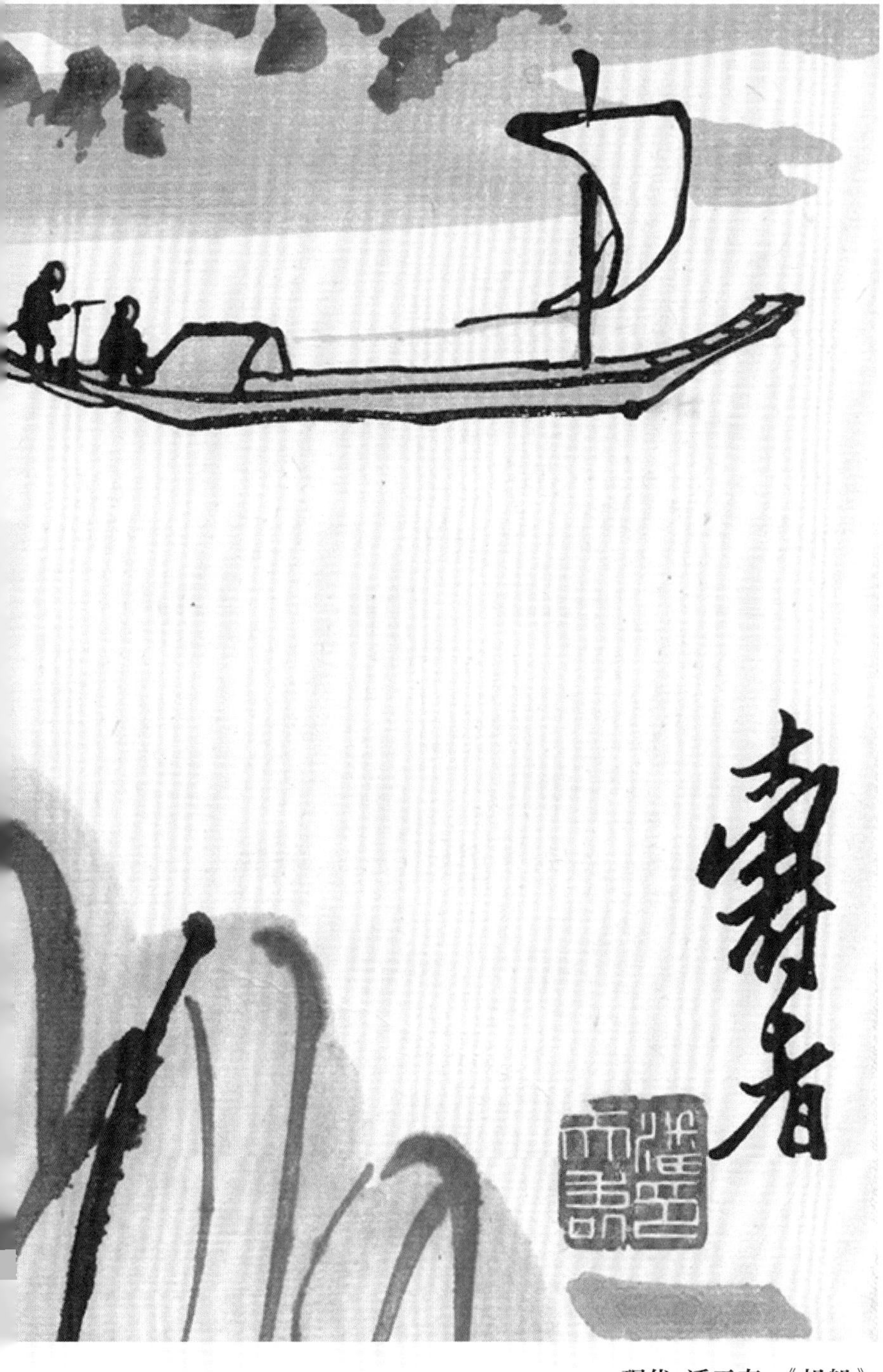

现代 潘天寿 《帆船》

科普知识点

潮平两岸阔，风正一帆悬

船舶顺风行船时，风帆垂直悬挂。著名的“流速增加、压强降低”伯努利效应证明，帆船既可在动压力的推动下顺风行驶，也可在静压力推动下逆风行驶，但是太顺风也不是很好，因此时伯努利效应消失了。

【岭南江行】

【唐】柳宗元

瘴江南去入云烟，望尽黄茆是海边。
山腹雨晴添象迹，潭心日暖长蛟涎。
射工巧伺游人影，飓母偏惊旅客船。
从此忧来非一事，岂容华发待流年。

江水缓缓向南流去，渐渐消失在那茫茫烟霭之中。放眼望去，那遍地黄茅的尽头便是波涛汹涌的海边。雨过天晴，山腰间仿佛出现了大象的踪迹；灼热的阳光下，潭水中开始浮现出大量水蛭。

毒虫阴险地窥伺着行人的踪影，飓风不时地惊扰着客舟。从今后，忧虑的事情何止一桩，又哪里还能容得下我这个白发苍苍的老人再多撑几年！

朗读视频

宋文治 《南溪清晓图》

科普知识点

射工巧伺游人影，飓母偏惊旅客船

古代飓风泛指很大的风。现飓风是指风速在33米/秒以上的，生成于东太平洋和大西洋海域的热带气旋，而生成于西太平洋海域的强烈热带气旋称为台风（在北半球）。飓风对航海和沿海地区生产、生活产生的危害非常大。唐代航海者在海上航行为防范飓风，一般在夏末秋初基本停航。

酒泉子·长忆观潮

【北宋】潘阆

长忆观潮，满郭人争江上望。
来疑沧海尽成空，万面鼓声中。
弄潮儿向涛头立，手把红旗旗不湿。
别来几向梦中看，梦觉尚心寒。

我常常想起往昔在钱塘江观潮时的盛况，满城的人们都争先恐后地向江面上望去。潮水涌来时，瞬息之间，仿佛把远处的大海都一股脑儿地掏空了，那激昂翻滚的潮声，就像有一万面齐响的鼓，气势震天。

踏上潮头献技的艺人，兀自立在波涛上表演，手里舞动着的红旗，却丝毫没有被水濡湿。此后又几番梦到当日观潮的情景，梦醒时依然还会感觉到惊心动魄。

朗读视频

宋 佚名 《钱塘观潮图》

科普知识点

弄潮儿向涛头立，手把红旗旗不湿

钱塘江观潮之风早在唐代已形成，宋时更盛行。当时朝廷把在钱塘江上的水师检阅、观潮和弄潮表演都集中在农历八月十八（相传是潮神生日），后相沿成习。“弄潮”是古代一种在潮头搏浪嬉戏的民间体育活动，弄潮儿指朝夕与潮水周旋的水手或在潮中戏水的少年，也指驾驶船舶的人，比喻有勇敢进取精神的人。

秋日登海州乘槎亭

【北宋】张耒

海上西风八月凉，乘槎亭外水茫茫。
人家日暖樵渔乐，山路秋晴松柏香。
隔水飞来鸿阵阔，趁潮归去橹声忙。
蓬莱方丈知何处，烟浪参差在夕阳。

西风刮过，八月的黄海上甚是寒凉，登上乘槎亭举目遥望，但见四周一片烟水茫茫。风和日丽，人们正忙着捕鱼伐木，一派农家乐景；山路蜿蜒，秋高气爽，就连青松翠柏也都散发着一股浓郁的馨香。

隔着烟波浩渺的水面远远地望去，一群大雁正展翅翱翔在晴空之上，而海上的渔民们则都纷纷摇着船橹，争相趁潮归去。蓬莱仙岛上的世外高人，究竟都藏身在何处呢？或许就在那烟雾缭绕、海浪滔天的夕阳尽头吧！

朗读视频

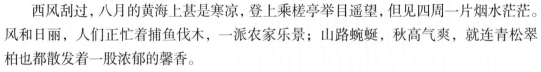

优秀奖
学生姓名：钱苓
指导老师：顾毅贞
就读学校：上海市延河中学

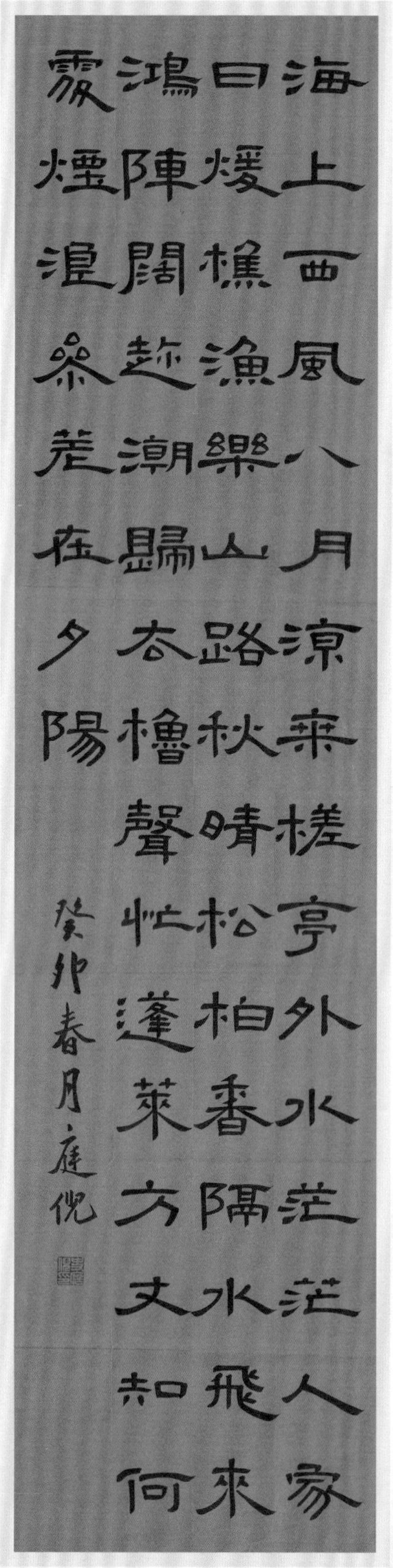
海上西風八月涼來槎亭外水茫茫人家
日煖樵漁樂山路秋晴松柏香隔水飛來
鴻陣闊趁潮歸去櫓聲忙蓬萊方丈知何
處煙浪參差在夕陽
癸卯春月庭倪

三等奖
学生姓名：史庭倪
指导老师：陈思渊
就读学校：上海外国语大学尚阳外国语学校

科普知识点

隔水飞来鸿阵阔，趁潮归去橹声忙

橹是拨水使船前进的工具，摇橹是指橹板一直置于水中，靠人力来回摇动把橹柄来推动船的前进。这种结构简单而又轻巧的船舶推进装置，是中国对世界造船和航行技术的一项重大贡献。现代螺旋桨推进器中不间歇做旋转运动的叶片，与水中滑动的橹板相似。

渔家傲

【两宋】李清照

天接云涛连晓雾，星河欲转千帆舞。
仿佛梦魂归帝所。
闻天语，殷勤问我归何处。
我报路长嗟日暮，学诗谩有惊人句。
九万里风鹏正举。
风休住，蓬舟吹取三山去！

朗读视频

水天相接之处，迷濛的晨雾连着层层的云涛，恰似银河迢迢，迂回曲折，凝眸处，有千万只舟船在水面上舞动着风帆。我的魂魄仿佛在梦中回到了天庭，只听到天帝热情地询问我要去哪里。

我回禀：路途遥远，只可惜时间已经太晚了，也该启程归去了。平生学作诗词，也空有让人称道的妙句。放眼望去，大鹏正乘着万里长风直冲云霄。风儿啊，你可千万别停下来，请将我乘坐的这一叶轻舟，直接吹到远方的蓬莱三岛去吧！

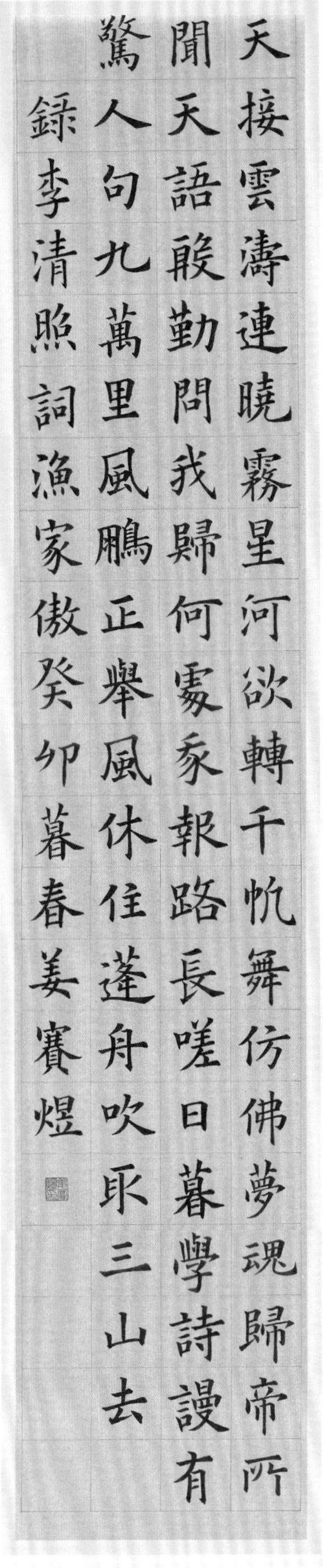
天接雲濤連曉霧星河欲轉千帆舞彷彿夢魂歸帝所
聞天語殷勤問我歸何處我報路長嗟日暮學詩謾有
驚人句九萬里風鵬正舉風休住蓬舟吹取三山去
錄李清照詞漁家傲癸卯暮春姜賽煜

优秀奖
学生姓名：姜赛煜
指导老师：张卫东
就读学校：上海青浦区尚美中学

科普知识点

天接云涛连晓雾，星河欲转千帆舞

李清照，宋代著名女词人。1127年，靖康之变，北宋灭亡，赵构建南宋，宋宗室南渡。1130年，因受“颁金”之诬，李清照携金石文物，一路追赶高宗的船队，历尽风涛之险。这首词源自李清照航海的亲身经历。李清照擅长婉约词，而此词豪放，境界壮阔。

摸鱼儿·观潮上叶丞相

【南宋】辛弃疾

望飞来、半空鸥鹭。须臾动地鼙鼓。截江组练驱山去，鏖战未收貔虎。
朝又暮。诮惯得、吴儿不怕蛟龙怒。风波平步。看红旆惊飞，跳鱼直上，蹙踏浪花舞。
凭谁问，万里长鲸吞吐。人间儿戏千弩。滔天力倦知何事，白马素车东去。堪恨处。
人道是、属镂冤愤终千古。功名自误。谩教得陶朱，五湖西子，一舸弄烟雨。

凝眸处，潮水如同覆盖了半个天空的鸥鹭一般，铺天盖地涌来，转瞬之间，便听到如擂动战鼓般地动山摇的波涛声。横截江面的波峰如同万马奔腾，驱赶着一座座山峰扑面而来，江潮汹涌，像勇士在沙场上激战不休。

朝朝又暮暮，吴地的人们早就习惯了这样的情景，又怎会害怕像蛟龙一样翻滚的波涛呢？弄潮儿在汹涌澎湃的波涛中依旧如履平地，看他手中翻飞的红旗，他们就像鲤鱼争相跃出水面，踏着浪花飞舞，好不壮观。

面对这巨鲸吐水般的浪潮，吴越王用箭矢射向汹涌的潮水，亦不过是一场人间的儿戏罢了。波涛汹涌的浪潮终究会倦怠，偃旗息鼓，缓缓向东流去。只留下万古不灭的英姿，回荡在观潮人的脑海中。

人们都说伍子胥用属镂剑自刎化为潮神后，留下了千古遗恨，是因为功名误了他。而这警示则给范蠡与西施提了个醒，从此后，他们都不再留恋朝堂与富贵，终身漫游于五湖之上，只任一叶小舟载着他们，悠然地欣赏着云蒸霞蔚的湖上风光。

朗读视频

二等奖
学生姓名：欧阳乐颖
指导老师：万雅慧
就读学校：上海市民办华育中学

望飛来半空鷗鷺須臾動地鼙鼓截江組練驅山去鏖戰未收貔虎朝
又暮誚慣得吳兒不怕蛟龍怒風波平步看紅旆驚飛跳魚直上蹙踏
浪花舞憑誰問萬里長鯨吞吐人間兒戲千弩滔天力倦知何事白馬
素車東去堪恨處人道是屬鏤冤憤終千古功名自誤謾教得陶朱五
湖西子一舸弄煙雨辛棄疾摸魚兒觀潮上葉丞相
歲次癸卯春月之際於青溪帕緹歐香苑陳倚瑤書

二等奖
学生姓名：陈倚瑶
指导老师：张卫东
就读学校：上海市青浦区高级中学

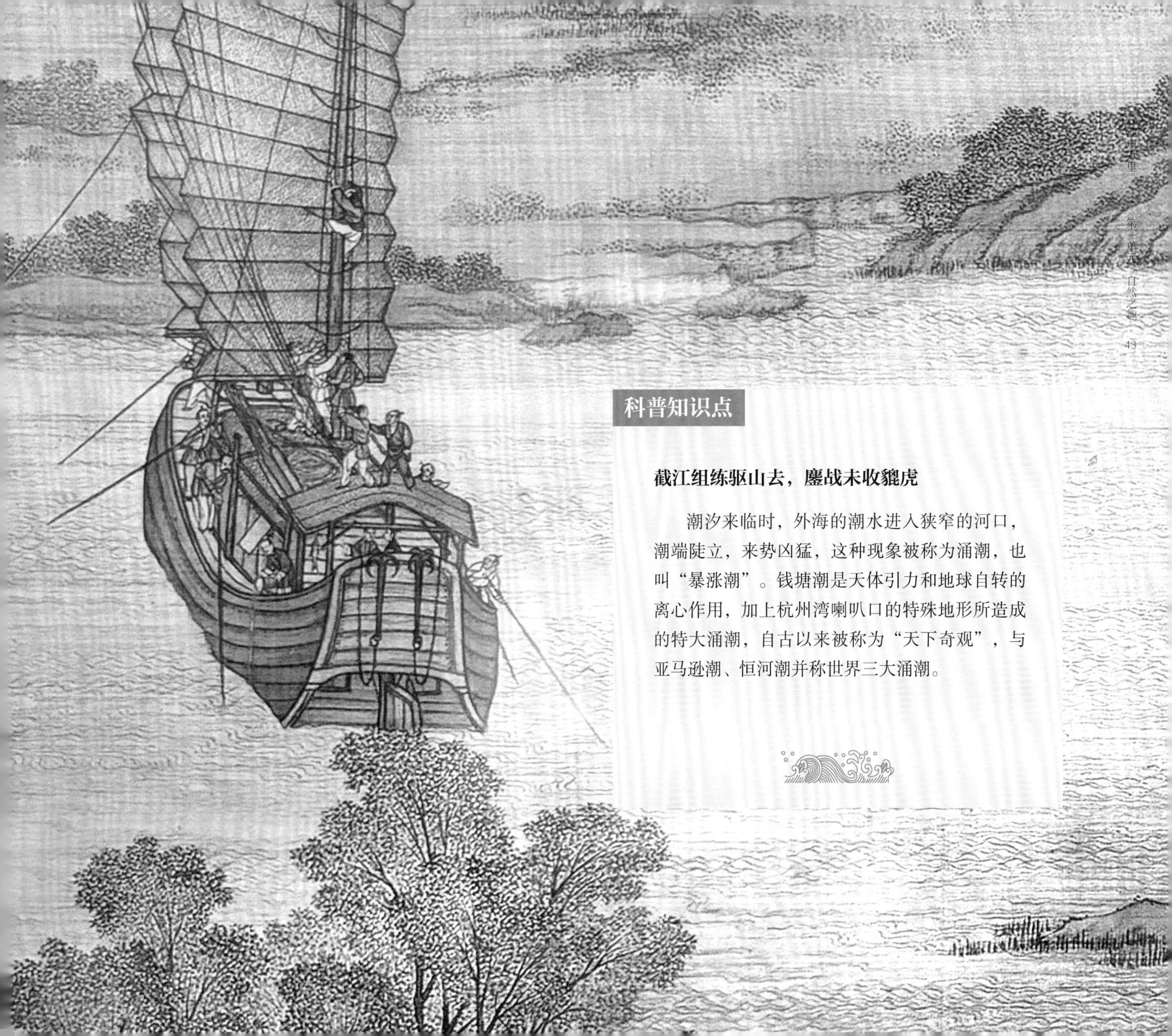

科普知识点

截江组练驱山去，鏖战未收貔虎

潮汐来临时，外海的潮水进入狭窄的河口，潮端陡立，来势凶猛，这种现象被称为涌潮，也叫“暴涨潮”。钱塘潮是天体引力和地球自转的离心作用，加上杭州湾喇叭口的特殊地形所造成的特大涌潮，自古以来被称为“天下奇观”，与亚马逊潮、恒河潮并称世界三大涌潮。

海啸（节选）

【明】王贵一

阳侯逞一怒，突兀千丈波。
江豚拜鲸浪，奋激吹盘涡。
珠湖风雨疾，水立如山坡。
白气淼银汉，怪鳄曾未过。
海若复大啸，沉没万灶鹾。
阳山注釜底，决排势滂沱。
高岸尽为谷，平田无寸禾。
登陴俯廛井，栋宇浮中河。
大舸若飘瓦，渔艇如飞蛾。
日落水摇动，枕席亲蚌螺。

——《古今图书集成·山川典·海部》

波涛之神一发怒，大海便会掀起千丈高的波浪。看哪！就连熟谙水性的江豚，都在巨浪中腾挪跳跃，奋力击打着避开水中的漩涡。

海上风雨交加，水势浩大得仿若山坡一样耸立。那弥漫了一整片天空的白色水汽，恐怕就连面目狰狞的大鳄鱼也都未曾疑误。怕只怕，海啸如若再次来临，会淹没海边成千上万的房屋，掀倒高耸入云的山峰，附近的百姓们流离失所。

待到那时，往昔地势高的地方，都会变成深谷，平原上的田野再也种植不了庄稼，田中将没有一棵禾苗。登上低矮的城墙，俯视百姓居住的屋舍与水井，曾经高大宽敞的栋宇，都已经漂浮于水面之上。

大船仿佛瓦当一样四处飘荡，渔舟更如飞蛾一样找不到任何的落脚点。夕阳西下，粼粼的波光在日影中不住地摇荡，那些落难的百姓，却只能枕着螺蚌，在沙滩上进入梦乡。

朗读视频

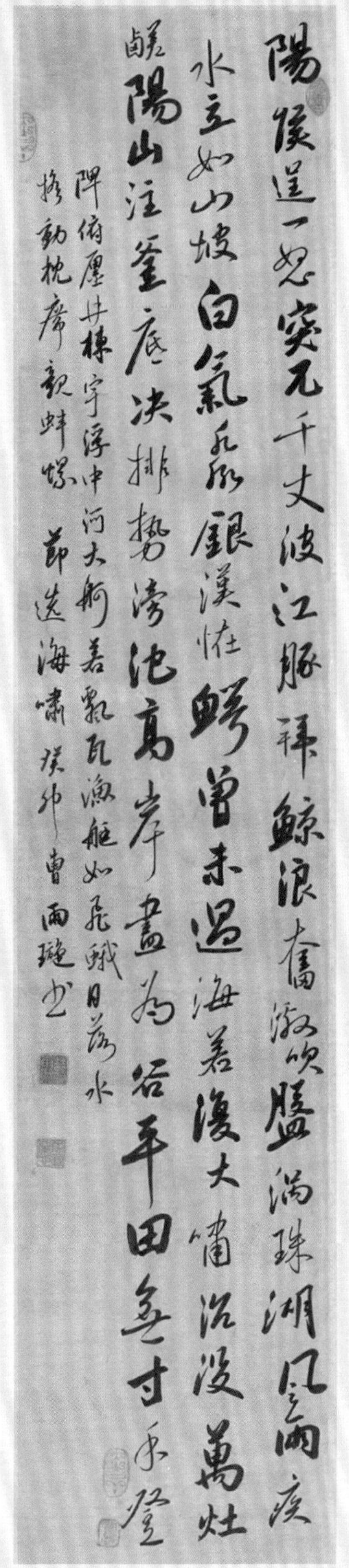

三等奖
学生姓名：曹雨璇
指导老师：陆晓燕
就读学校：上海民办远东学校

科普知识点

海若复大啸，沉没万灶鹾

海啸是由海底地震、火山爆发、海底滑坡或气象变化所产生的破坏性海浪，海啸的波速高达 700 ~ 800 千米 / 时，在几小时内就能横过大洋，波长可达数百万米，可以传播几百万米而能量损失很小。呼啸的海浪冰墙每隔数分钟或数十分钟就重复一次，摧毁堤岸，淹没陆地，夺走生命财产，破坏力极大。

浪淘沙·望海

【清】纳兰性德

蜃阙半模糊，踏浪惊呼。
任将蠡测笑江湖。
沐日光华还浴月，我欲乘桴。
钓得六鳌无，竿拂珊瑚。
桑田清浅问麻姑。
水气浮天天接水，那是蓬壶。

朗读视频

默默伫立在海边，我眺望着眼前这片广阔无垠的大海，那迷迷蒙蒙梦幻一般的海市蜃楼，令踏着浪涛游耍的人们发出连连的惊叫声。面对大海，我想起了古人所说的道理，就任由那些浅薄无知者去嘲笑吧！海水沐浴着光芒四射的太阳，又仿佛给月亮洗了澡，我倒要乘着木筏，到海上去看个分明。

乘着木筏在海上垂钓，又可曾钓得大鳌？其实，那钓竿充其量也不过只能轻轻拂过海底的珊瑚枝罢了。沧海桑田的巨大变化，只能去向麻姑探问始末，那白浪滔天、水天茫茫处，哪里又能看得见蓬莱与方壶仙山呢？

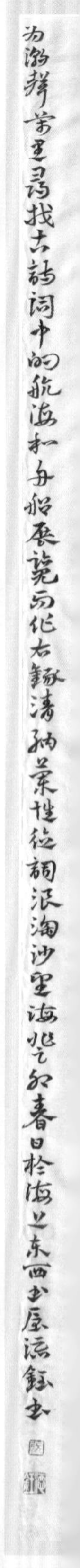

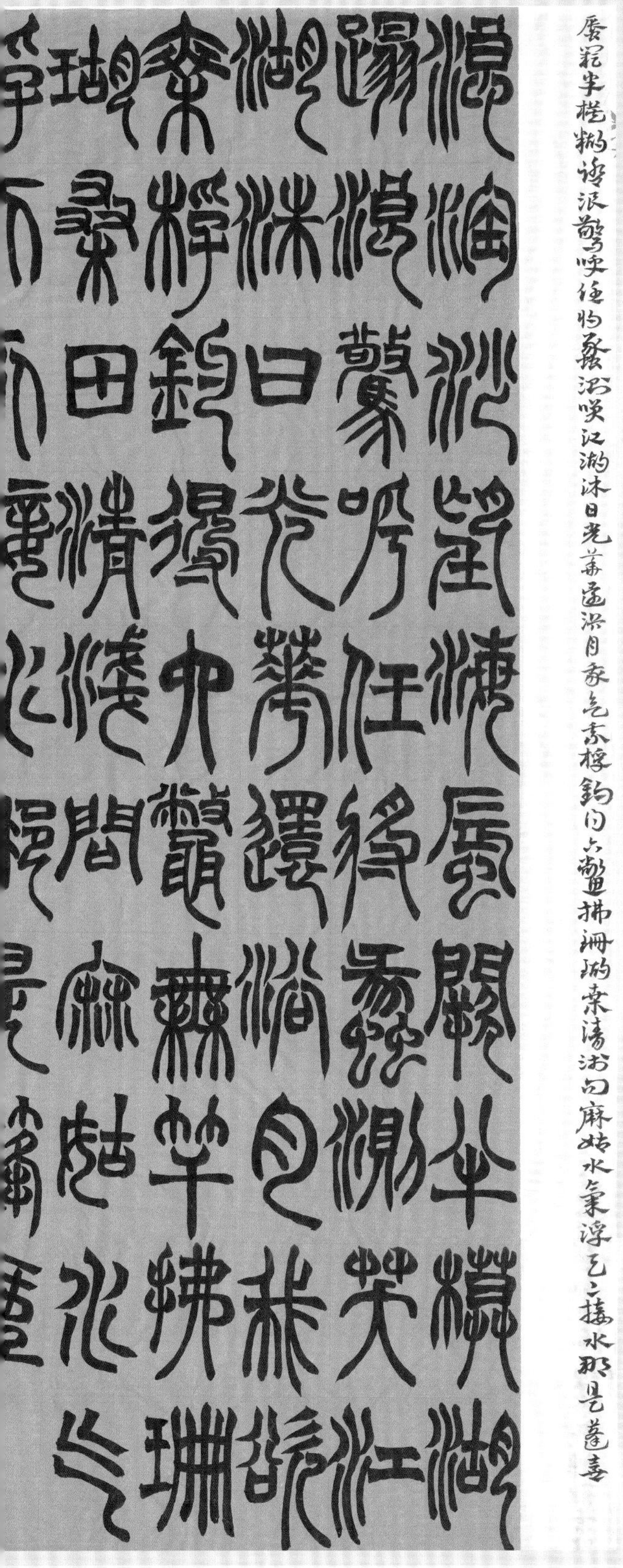

二等奖
学生姓名：张添钰
指导老师：潘越凡
就读学校：上海市复旦初级中学

科普知识点

蜃阙半模糊，踏浪惊呼

蜃阙指的是海市蜃楼，是一种因光的折射和全反射而形成的自然现象，是地球上物体反射的光经大气折射而形成的虚像。海市蜃楼的出现与地理位置、地球物理条件以及那些地方在特定时间的气象特点有密切联系。气温的反常分布是大多数蜃景形成的气象条件。

第二单元 人海之情

岁月沧沧，大海茫茫。乘风破浪的人们之中，不仅有中外使臣执节往返，也有各国商人赍货逐利、海上渔民栉风沐雨等。古代先民驾海往来，不畏艰辛，开展文化交流、航海贸易、渔钓捕捞、耕海种水、探贝取珠等水上航行和跨海远航的活动，历史悠久、功绩卓越、影响深远。这些生活与生产情景和与之相关的海洋、港口、工场、渔村等风貌，在历代诗人的笔下流芳溢彩。

单桅渔船（长：120 厘米 宽：40 厘米 高：100 厘米）

渔船主要指用以捕捞和采收水生动植物的船舶。我国沿江沿海历代先民依托舟楫之便，从事水运，捕鱼营生。单桅渔船是指船上只有一个桅杆（船桅）支撑一块帆布，通常以划桨作为辅助动力。船体通常较为简单，主要用于近海和河流的捕捞活动以及货物运输。中国传统的风帆渔船具有耐波性和稳定性好、结构佳、操作方便等优点，不少船型沿用至今。如今传统的风帆渔船改用柴油机作推进动力，机帆渔船得到发展。

估客行

【唐】李白

海客乘天风，
将船远行役。
譬如云中鸟，
一去无踪迹。

远去海外经商的商贾，由来都是跟着航行于海上的舟船随风漂泊。他们仿佛云中的飞鸟，往往一去就不见行踪。

朗读视频

当代 《海上丝路》

科普知识点

海客乘天风，将船远行役

海客即海上旅客，此指估客即由海路外出经商的商贾。隋唐时期，广州成为中国第一大港、世界著名的东方港市。由广州经南海、印度洋，到达波斯湾各国的航线，是当时世界上最长的远洋航线，叫作“广州通海夷道”。

江雪

【唐】柳宗元

千山鸟飞绝，
万径人踪灭。
孤舟蓑笠翁，
独钓寒江雪。

千山万岭看不到一只飞鸟的踪影，千路万径看不见一个行人的踪迹。

一叶孤舟上，一位身披蓑衣、头戴斗笠的渔翁，正独自坐在漫天的风雪中默默垂钓。

朗读视频

明末清初 程邃 《乘槎轴》

科普知识点

孤舟蓑笠翁，独钓寒江雪

蓑笠是指蓑衣和斗笠。斗笠，是一种可以遮挡阳光和雨水的帽子，有很宽的边沿，多用竹篾夹油纸或竹叶棕丝等编织而成。蓑衣，是用草编织而成、厚厚的能穿在身上用以遮雨的雨具。蓑衣不仅避雨效果好，人穿上后两只手还可以干活，因而受到农民和渔民的喜爱。

【秋岸】

【唐】杜牧

河岸微退落，柳影微雕疏。
船上听呼稚，堤南趁漉鱼。
数帆旗去疾，一艇箭回初。
曾入相思梦，因凭附远书。

河两岸的水面微微退落，往昔繁茂的柳影渐渐变得萧疏稀落。船上，远远地传来了一阵阵呼卢喝雉的博彩声，河堤之南，人们正忙着捕捞鱼儿。

放眼望去，几艘挂着风帆的船舶，正疾速地驰向远方，一叶孤单的小舟，亦如箭一般快速地向岸边驶来。有谁知道，我也曾进入那相思的梦境，想凭借这些客舟，为远方的人儿捎去一封浓情蜜意的书信。

朗读视频

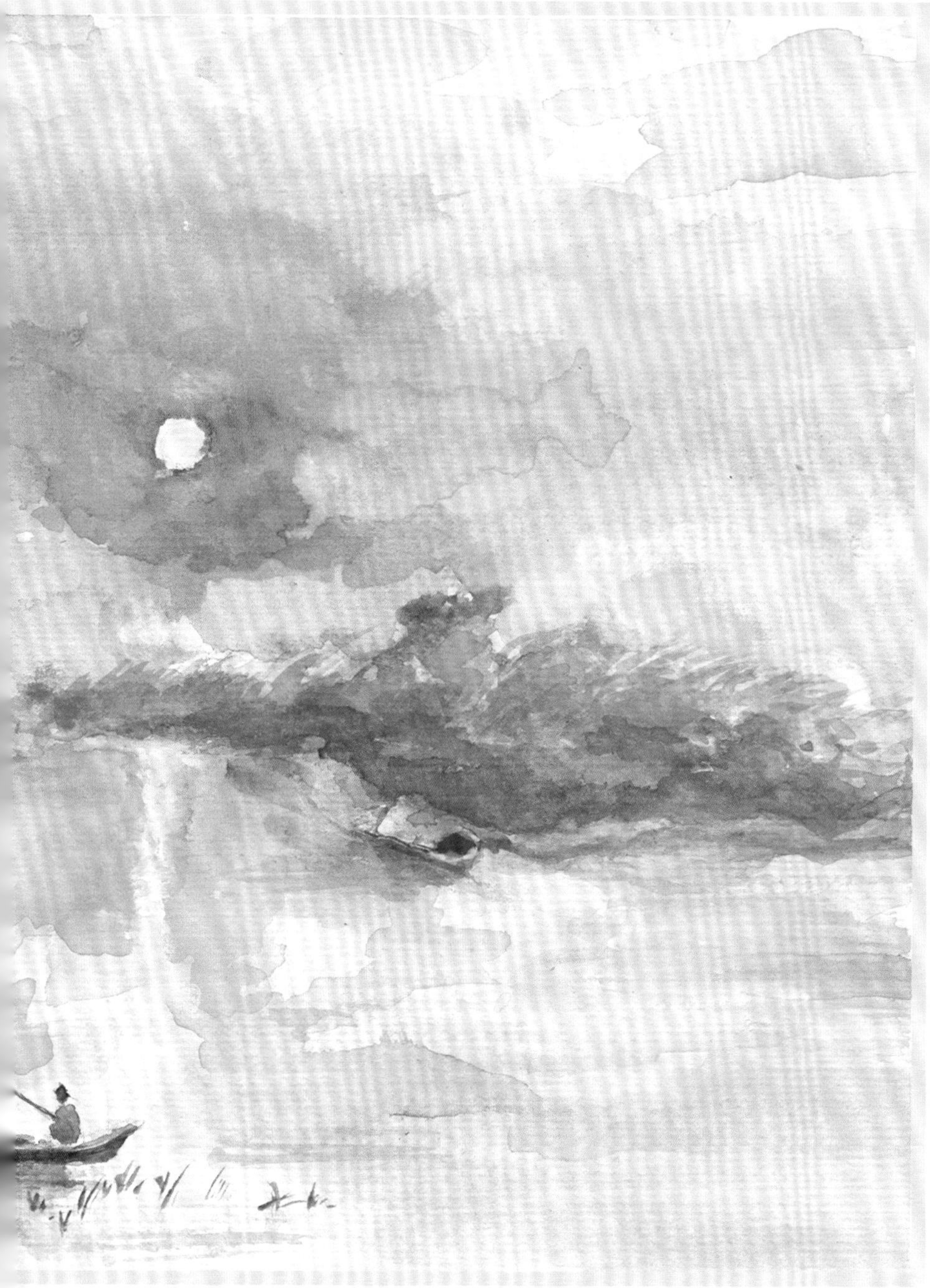

科普知识点

数帆旗去疾，一艇箭回初

古代，艇通常指的是一种小型船舶，用于河流、湖泊、港口或近海的短程航行。艇通常较小且灵活、机动。随着时间的推移，船舶的设计和用途不断演变和改进，而艇这个词也一直延续至今。

三等奖
学生姓名：陈佳欣
指导老师：陆晓燕
就读学校：上海市民办远东学校

海人谣

【唐】王建

海人无家海里住，
采珠役象为岁赋。
恶波横天山塞路，
未央宫中常满库。

海上的居民在岸上没有家，一直都居住在海船中。他们每天都要出海去采撷珍珠，或是捕杀大象取来象牙，以缴纳各种赋税。

险恶的波浪翻涌连天，道路全被高山阻隔，海民的生活艰辛异常，但皇宫中收藏珠宝的府库，却堆满了他们用生命换来的价值连城的珍珠与象牙。

朗读视频

19 世纪 佚名 《西瓜扁船通草画》

科普知识点

海人无家海里住，采珠役象为岁赋

“海人”通常在岸上居无定所，只能居住在海船上，常年在海中漂泊，还要下海采珠，生活艰苦又危险。古代潜水技术十分落后，只能凭借屏气潜入深海，面临各种危险，如变幻莫测的海洋气象与海况、较大的海水压力、较低的水下能见度、海洋生物的威胁等，命悬一线。

【采珠行】

【唐】元稹

海波无底珠沉海，采珠之人判死采。
万人判死一得珠，斛量买婢人何在。
年年采珠珠避人，今年采珠由海神。
海神采珠珠尽死，死尽明珠空海水。
珠为海物海属神，神今自采何况人。

珍珠生长在深海之底，需要采珠人豁出性命去采摘。为了生计，数以万计的海民顾不上生命的安危，结伴出海采珠，而结果却往往只能获取一颗明珠。

想当年，西晋的大富豪石崇，还能用三斗珍珠换来绿珠那样的绝色丽姝，只可惜，而今已没有那么多珍珠可以采撷了，又哪里再去寻访仙子般的佳人？

常年大规模的采珠活动，仿佛让珍珠也懂得了该如何躲避采珠人，看来今年若想要有个好收成，就必须祈求海神的护佑了。海神要是亲自出来采珠，那珍珠必定会被搜刮得一颗不剩，到最后只留下一片荒芜苍茫的海水。

可叹，珍珠终究是海中之物，海神则是管理海洋的神灵，现如今，就连海神都忙着自采珍珠，更何况是这些普通人呢？

朗读视频

民国 佚名 《黄埔港帆船》1

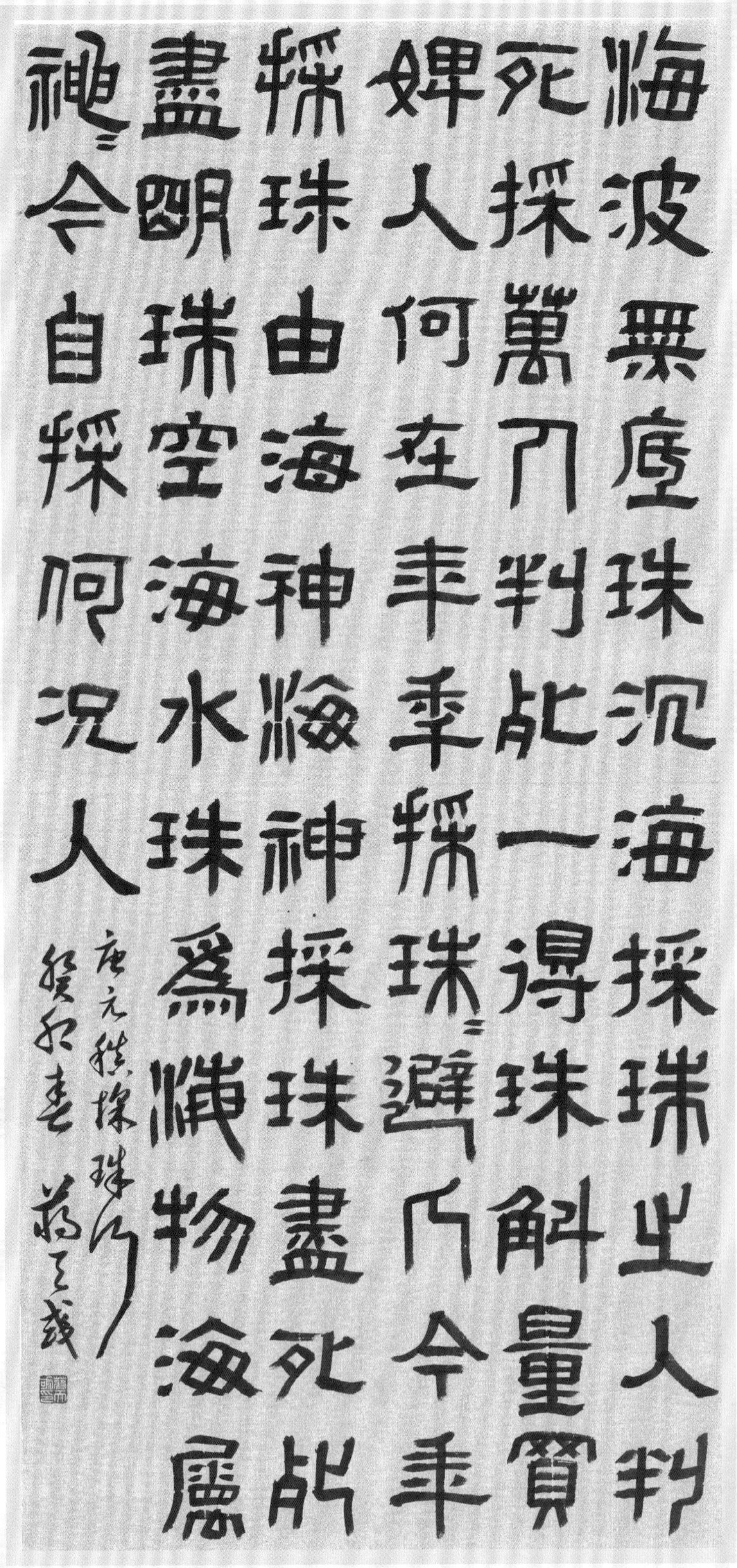

优秀奖
学生姓名：蒋天彧
指导老师：徐秋林
就读学校：上海市松江二中

科普知识点

海波无底珠沉海，采珠之人判死采

大肆采珠活动不仅严重地破坏了野生珍珠贝的生态，也使采珠人承受着危险和痛苦。以明嘉靖八年（1529 年）的一次采珠为例，仅 2 个多月的时间，参加采珠活动的人员中，就有 600 多人死去。现代由于人工养殖珍珠技术的发展，海底采珠活动已逐渐减少。

【送岭南崔侍御（节选）】

【唐】元稹

洞主参承惊豸角，岛夷安集慕霜威。
黄家贼用镩刀利，白水郎行旱地稀。
蜃吐朝光楼隐隐，鳌吹细浪雨霏霏。
毒龙蜕骨轰雷鼓，野象埋牙劚石矶。

自从使君来到岭南后，始终能够别曲直、辨奸佞，那些深居岛屿的蛮夷之族，都因为敬畏你的威望，而不敢有轻举妄动。黄家反贼武器锋利，时常在海上横行霸道，强行抢掠来往商船的钱物，艇户“白水郎”们，则常年生活在海上，极少上岸行走。

这些人即便本事了得，也只能与大海为伍，一睁眼便看到影影绰绰的海市蜃楼，还要终日面对那鳌鱼吹细浪的淫雨，又有什么大不了的？大海辽阔，异域荒蛮，看惯了毒龙蜕骨、野象埋牙的奇怪景象，便不觉得还有什么值得讶异的了。

朗读视频

民国 佚名 《黄埔港帆船》2

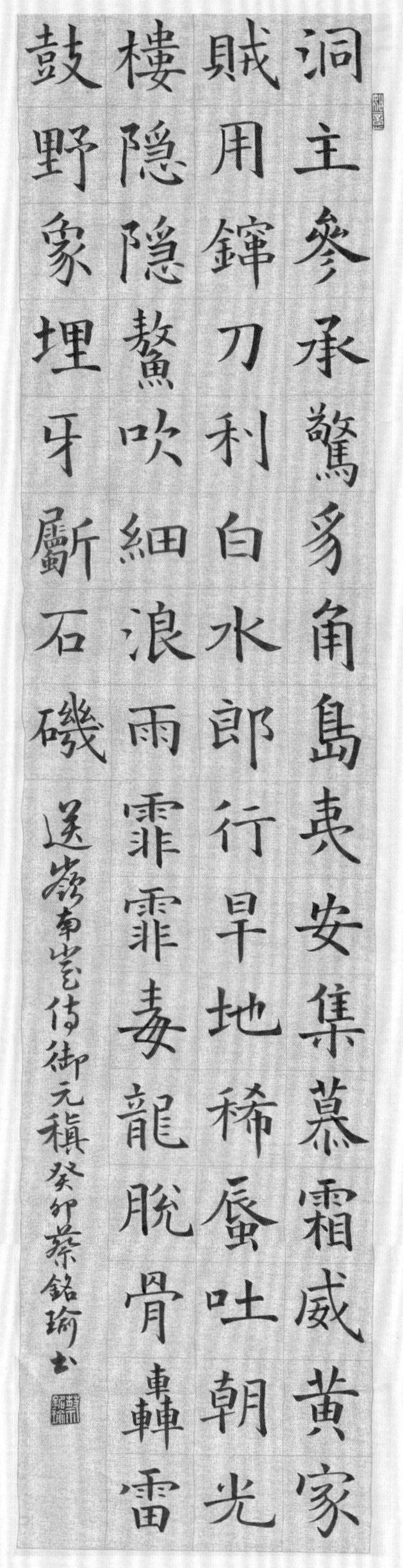
洞主參承驚豸角島夷安集慕霜威黃家
賊用鑹刀利白水郎行旱地稀蜃吐朝光
樓隱隱鰲吹細浪雨霏霏毒龍脫骨轟雷
鼓野象埋牙斸石磯
送嶺南崔侍御 元稹 癸卯蔡銘瑜書

科普知识点

黄家贼用镩刀利，白水郎行旱地稀

海盗这一特殊的群体依靠自己的船队和武装，在海上杀人越货。“黄家贼”是当时活跃于岭南地区的蛮夷海盗，主要打劫行船过往的海商，颇具规模，已形成海上舰队，令过往船舶闻风丧胆。

优秀奖
学生姓名：蔡铭瑜
指导老师：金丽燕
就读学校：上海交通大学附属中学嘉定分校

越中问海客

【唐】刘昚虚

风雨沧洲暮，一帆今始归。
自云发南海，万里速如飞。
初谓落何处，永将无所依。
冥茫渐西见，山色越中微。
谁念去时远，人经此路稀。
泊舟悲且泣，使我亦沾衣。
浮海焉用说，忆乡难久违。
纵为鲁连子，山路有柴扉。

朗读视频

航海者归来之际，正是日暮时分，海上风雨如晦，一片凄冷苍凉的景象。从南海登舟出发，尽管有万里的航程，那归心似箭的小舟却兀自疾驰如飞。当初从南海出发时，以为能够速去速回，航行的速度也相当快，但一旦行舟在一望无际的大海上，便身不由己了，更不知道舟船已行驶到何处，似乎永远都找不到可以停泊的海岸，只能继续漂流在海上。放眼望去，依旧是一片苍茫无际，越中的山色却已经微微地显现了出来。

海客出行的时候，并没有意识到路程会如此遥远，更没有想到在海上出行的人会如此稀少，当我与他寒暄之际，他言语间已颇多悔意，等到终于靠岸时，但见他一味伤心委屈地痛哭流涕，惹得我也跟着他一起泪沾衣襟。出海远行的那份发自肺腑的孤单悲凄，还用得着再说吗？谁不是一边在思念着久违的家乡，一边孤独地前行？即便是最后隐居在东海之上的古贤鲁仲连，也早已习惯了山中的故居与家乡的道路啊！

一等奖
学生姓名：谢艺澜
指导老师：田芳洲
就读学校：上海市香山中学

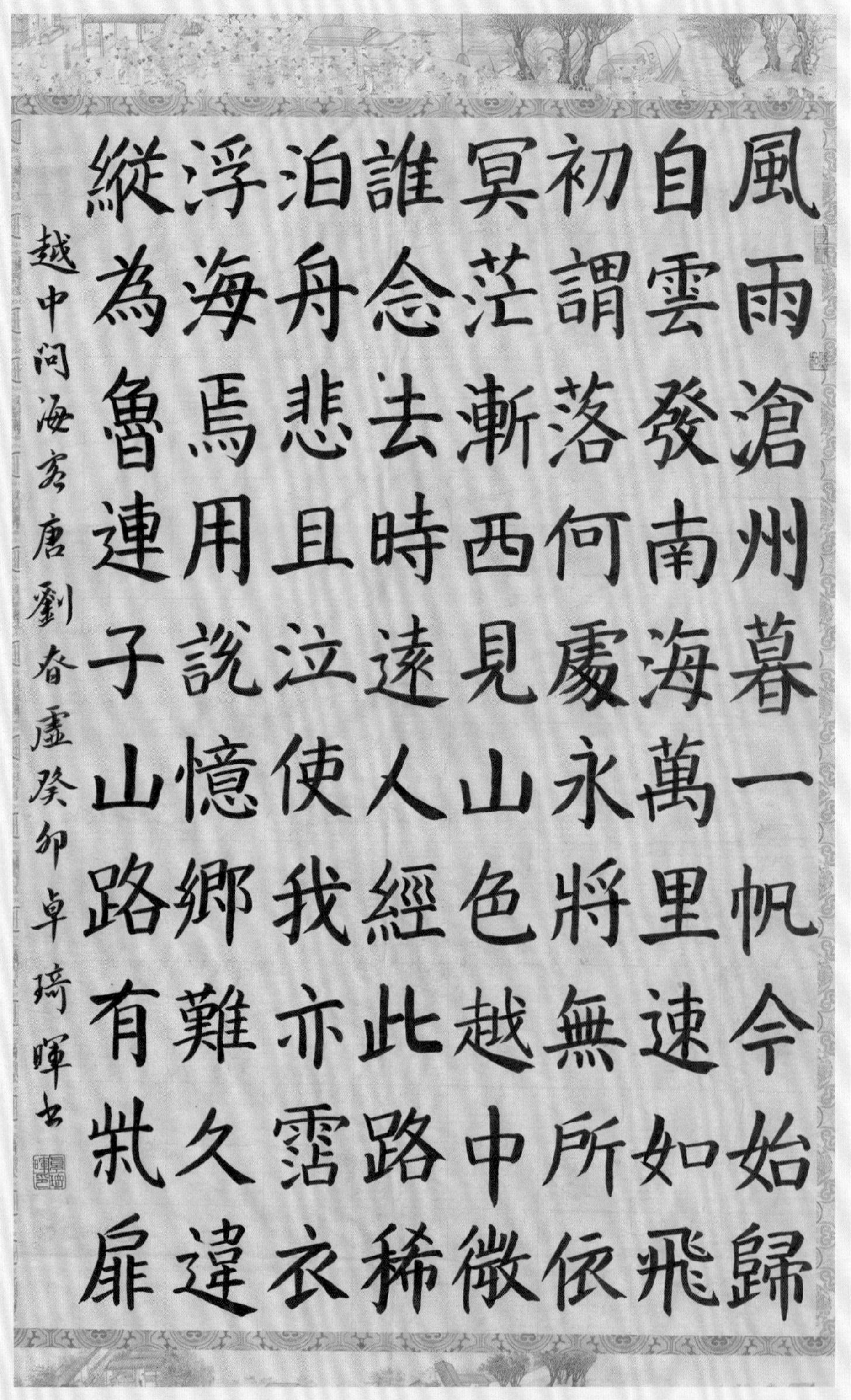
風雨滄州暮一帆今始歸
自雲發南海萬里速如飛
初謂落何處永將無所依
冥茫漸西見山色越中微
誰念去時遠人經此路稀
泊舟悲且泣使我亦霑衣
浮海焉用說憶鄉難久違
縱為魯連子山路有柴扉
越中問海客 唐劉滄 癸卯 卓琦暉書

三等奖
学生姓名：卓琦晖
指导老师：缪星怡
就读学校：上海福山唐城外国语小学

19 世纪 佚名 《捕盗米艇通草画》

科普知识点

自云发南海，万里速如飞

早在公元前 2 世纪的西汉时期，中国人就在南海航行，并在长期实践中发现了南海诸岛，包括东沙群岛、西沙群岛、中沙群岛和南沙群岛。明清以来，中国渔民每年乘东北信风南下至南沙群岛海域从事渔业生产活动，次年乘西南信风返回大陆，有部分中国渔民常年留居岛上。

昆仑儿

【唐】张籍

昆仑家住海中州，蛮客将来汉地游。
言语解教秦吉了，波涛初过郁林洲。
金环欲落曾穿耳，螺髻长卷不裹头。
自爱肌肤黑如漆，行时半脱木绵裘。

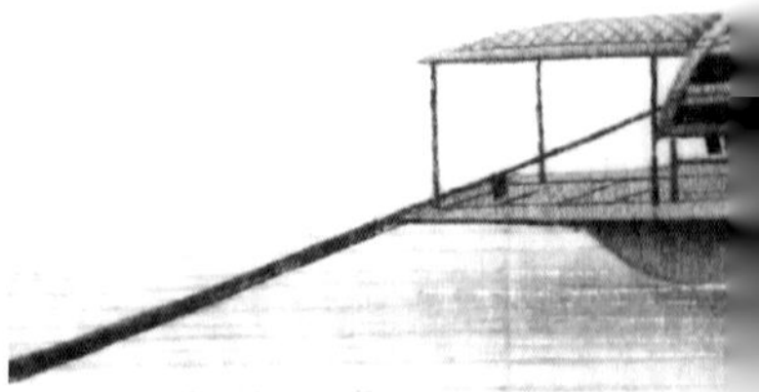

昆仑奴的家乡远在大海包围的洲岛之上，一路跟随南方客商，要到中原汉地游居。他们不通汉语，语言艰涩，像极了他们秦吉了（一种类似八哥的鸟）在模仿人说话。舟船越过波涛汹涌的大海，好不容易才到了郁林洲，可他们还是没有学会汉人的语言。

昆仑奴戴着的金耳环，沉重得快要坠落下来；因为不习惯用帛巾包头，便梳着高高卷起的螺髻。他们非常喜欢并得意于自己拥有一身漆黑油亮的肌肤，每到行走时，就会故意半披着用木绵做成的衣裳，好让旁人也能欣赏到他们健康亮丽的肤色。

朗读视频

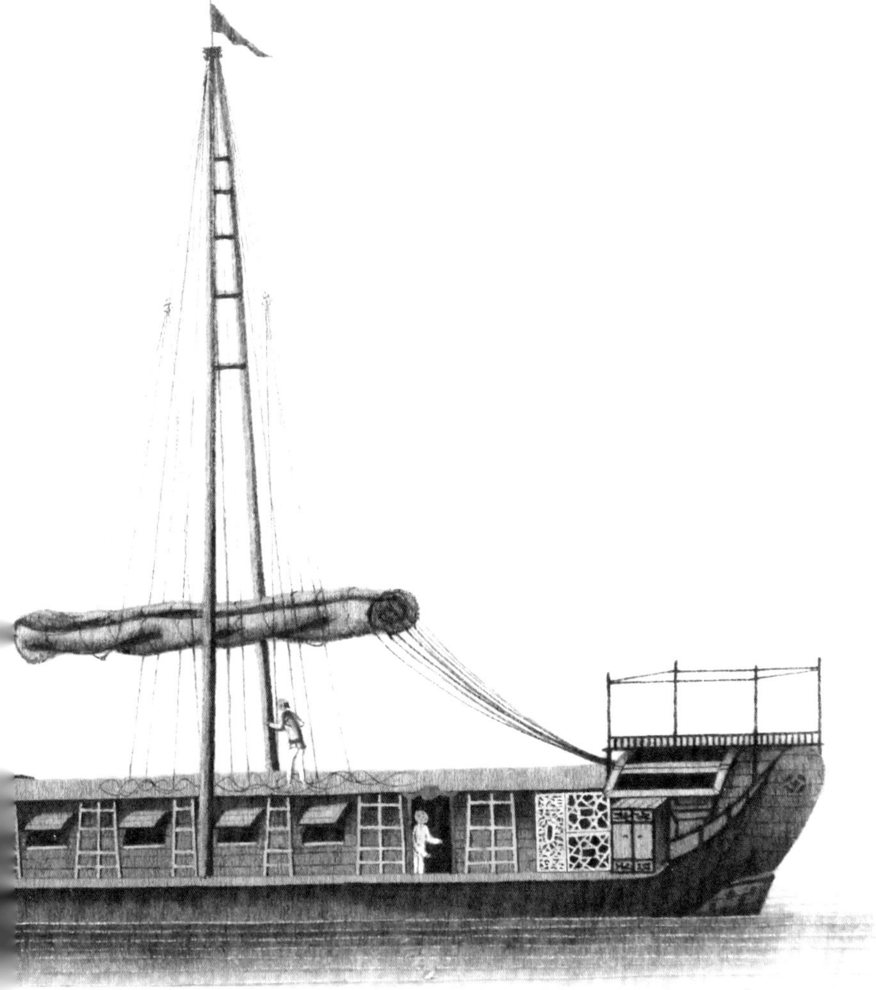

19 世纪 佚名 《谷船通草画》

科普知识点

昆仑家住海中州，蛮客将来汉地游

唐朝曾与60多个国家和地区互相交往，很多外国人通过陆路或海路来到长安，昆仑儿就是其中之一。昆仑有“黑色”的含义，故唐朝把皮肤黝黑的人称为“昆仑奴”，他们被贩卖或进贡到中原，大多从事奴仆、马夫、水手等工作。昆仑儿并非专指一个国家或族群的人，他们大致分布在南洋诸岛和印度洋部分地区。

南海马大夫远示著述

【唐】刘禹锡

汉家旄节付雄才，百越南溟统外台。
身在绛纱传六艺，腰悬青绶亚三台。
连天浪静长鲸息，映日帆多宝舶来。
闻道楚氛犹未灭，终须旌旆扫云雷。

朗读视频

朝廷总是会把出使百越之地的重任，托付给具有雄才大略的大臣。身在海外炎热的沙洲，使节们依然不会忘记向蛮夷之邦——传授来自中国的礼、乐、射、御、书、数等“六艺”。他们的腰间系着青色的丝带，那雄赳赳、气昂昂的模样，丝毫不亚于朝堂里那些身居高位的宰执之臣。

中国的威望，让南海上滔天的波浪都得以平静下来，那体量巨大的鲸鱼也悄悄地没入了海中。在阳光的映照下，南海诸国众多进贡的海船正扬帆驶向中国。听说，那些蛮荒的化外之地，戾气还未除尽，终究还是需要依靠华夏的文明与威仪，来帮助它们扫除各种陋俗与野性。

三等奖
学生姓名：黄孟泽
指导老师：傅春璐
就读学校：上海市建青实验学校小学部

当代 《广州港》

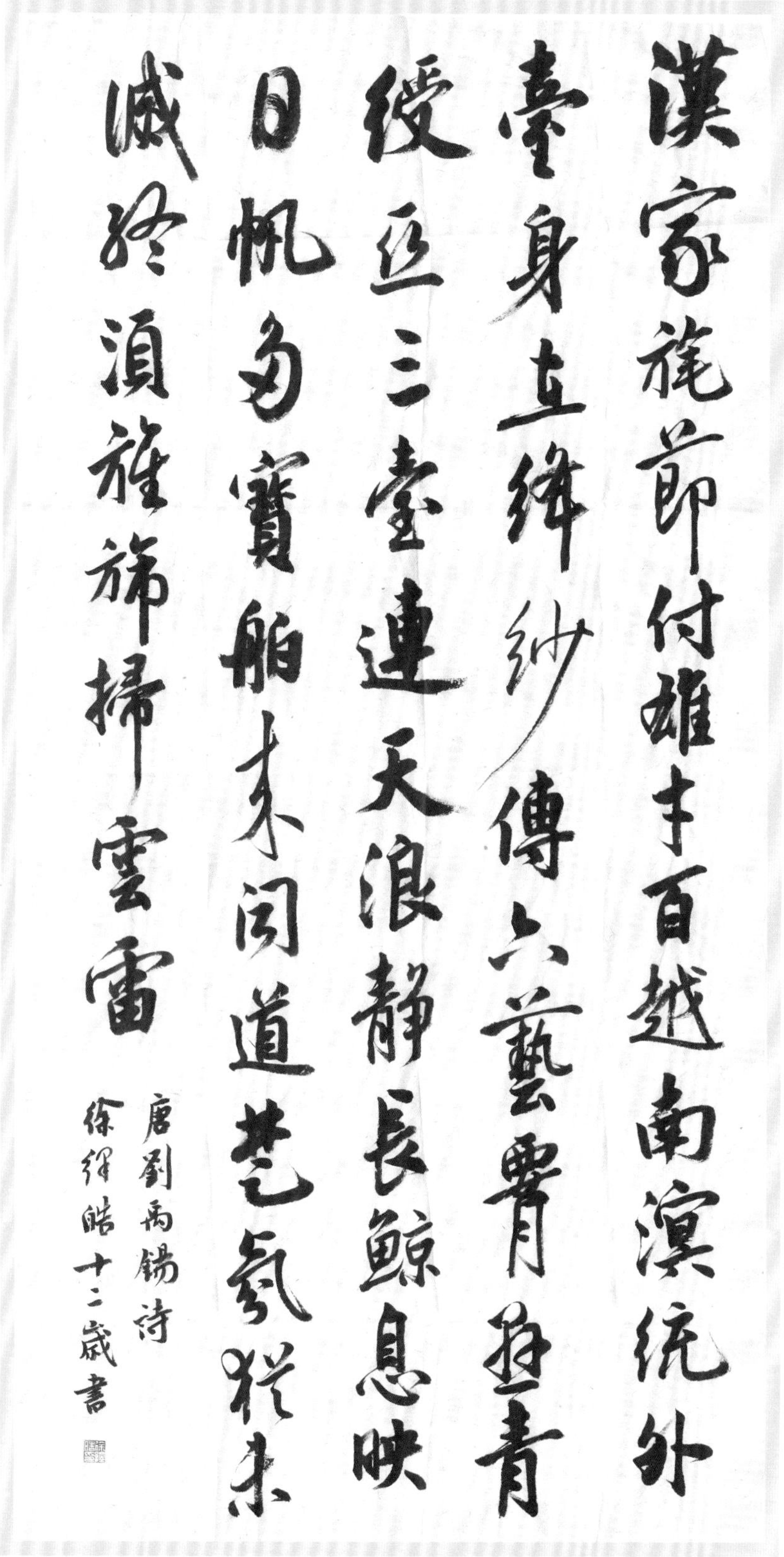

科普知识点

连天浪静长鲸息，映日帆多宝舶来

唐朝的海外贸易空前繁荣，开辟了广州、泉州、扬州等众多港口通商，仅广州一地，每年进港的海船就有 4 000 多艘，来自海外的香料、珠宝堆积如山。唐朝政府通过航海贸易获得了巨大的经济收益。

二等奖
学生姓名：徐绎皓
指导老师：陈春燕
就读学校：上海市徐汇中学

渔父

【南唐】李煜

一棹春风一叶舟，
一纶茧缕一轻钩。
花满渚，酒满瓯，
万顷波中得自由。

摇着一棹春风，乘着一叶轻舸，泛舟江上的我一边饮酒，一边垂钓，好不惬意。

鲜花铺满水中的小洲，美酒注满手中的杯盏，我在万顷波涛中，获得了无尽的自由。

朗读视频

现代 黄宾虹 《山水》

科普知识点

一棹春风一叶舟，一纶茧缕一轻钩

在《现代汉语词典》中，“棹”作为名词时指的是桨，即用来划动船舶前进的工具；作为动词时，则表示划（船）的动作。这与《说文解字》中的解释相似，都强调了棹是用于划船的工具和动作。

【予求守江阴未得酬昌叔忆阴见及之作】

【北宋】王安石

黄田港北水如天，万里风樯看贾船。
海外珠犀常入市，人间鱼蟹不论钱。
高亭笑语如昨日，末路尘沙非少年。
强乞一官终未得，只君同病肯相怜。

朗读视频

黄田港以北是烟波浩渺的长江，放眼望去，江面上铺满了万里风帆送来的商船。来自海外的珍珠和犀牛角，布满街市上各个角落里的坊肆，人们都习以为常了，沿街叫卖的鱼蟹更是多得价格都无须商量，只要随意给些钱便可以拿走。

昔日里高亭上的欢声笑语犹在耳畔，一切的喧嚣沸腾，仿佛就发生在昨日。再回首，人生已至末年，这最后的路途自是免不了尘沙之苦，再不复少年时的逍遥恣意。我一再向朝廷请调去江阴任职的要求，眼看着已然无望，这世上也只有昌叔你与我同病相怜，才能体会到我内心无尽的忧伤。

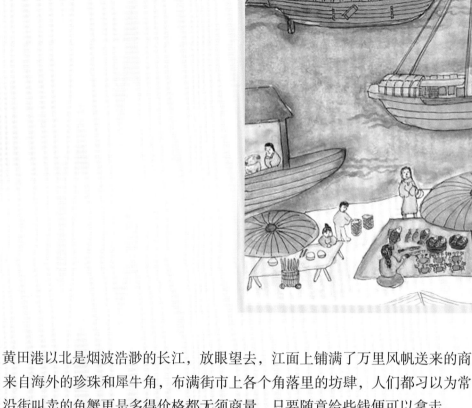

优秀奖
学生姓名：杨乐颐
指导老师：曹文佳
就读学校：上海市杨浦区齐齐哈尔路第一小学

科普知识点

黄田港北水如天，万里风樯看贾船

黄田港位于江苏省江阴市，北通长江，穿城而过，是江阴城中有文献可考的年代最为久远的区域，至今已有2 000多年的历史，是中国古代重要的军事、贸易港口。宋代，江阴作为长江、沿海与运河的交通连接点而一度拥有繁荣的港口经济。

【江上渔者】

【北宋】范仲淹

江上往来人，
但爱鲈鱼美。
君看一叶舟，
出没风波里。

往来于江上的人只爱极了鲈鱼鲜美的味道。然而，又有谁能体会到鲈鱼的来之不易呢？

如若不信，请君仔细望向远处那一叶小小的渔舟，它时隐时现，在滔滔风浪里起伏颠簸，一不小心就会被巨浪吞噬。

朗读视频

当代 霍春阳 《双鱼图》

科普知识点

江上往来人，但爱鲈鱼美

鲈鱼，是一种洄游鱼类。成年的鲈鱼在大海里产卵，鱼卵孵化成小鱼后，便从大海中游到淡水河流中长大，然后再游回大海产卵。鲈鱼的蛋白质成分和普通淡水或普通海水鱼类都不同，肉质鲜美。

煮海歌（节选）

【北宋】柳永

煮海之民何所营，妇无蚕织夫无耕。
衣食之源太寥落，牢盆煮就汝轮征。
年年春夏潮盈浦，潮退刮泥成岛屿。
风干日曝咸味加，始灌潮波塯成卤。
卤浓碱淡未得闲，采樵深入无穷山。
豹踪虎迹不敢避，朝阳山去夕阳还。
船载肩擎未遑歇，投入巨灶炎炎热。
晨烧暮烁堆积高，才得波涛变成雪。

朗读视频

海边煮盐的盐民都靠什么来谋生呢？妇女没有蚕丝用来织布，男子没有田地用来耕种，穿衣吃饭的来源几乎没有，只好用瓦盆煮海熬盐，来缴纳官方一轮又一轮无休无止地征税。

每年春夏时节，潮水都充盈于海边，待潮水退去后，海民们都会孜孜不倦地刮干净海滩上的淤泥，整理好一个岛屿状的盐场，开始晒盐。风吹日晒的时间越久，盐的味道也才更咸，接下来就要引入潮水制作盐卤了。

卤水虽然很浓了，但盐味还是很淡，所以盐民们都不能闲着，而是要深入大山去砍伐柴木，为煮盐接下来的各项工序增添燃料。深山中多的是豺狼虎豹，但为了全家人的生计，他们也无心躲避猛兽的踪迹，且每次都是清晨出发，直到傍晚时分才能归来。

砍好柴禾后，也不能得到丝毫的休憩，而是要立即船运肩扛地把它们运回来，然后再将之投入燃着熊熊大火的巨大炉灶中。柴禾总是多得堆积如山，每天都要从早烧到晚，待费尽千辛万苦之后，才能把海水熬煮成雪一般洁白光润的盐。

科普知识点

煮海之民何所营，妇无蚕织夫无耕

将海水经过煮制或晒制而取盐的方法，古人称之为“煮海”或“熬波”。我国有关制盐的记载最早可以追溯到炎帝时期。当时的宿沙氏创造性地提出用海水煮盐的方法，被后人称为“盐宗”，开中国古代制盐之先河。盐民在海滩上煮海晒盐，虽远离大海的风浪，但辛苦丝毫不减。从宋代起，诗人们对盐民之苦就多有描绘。

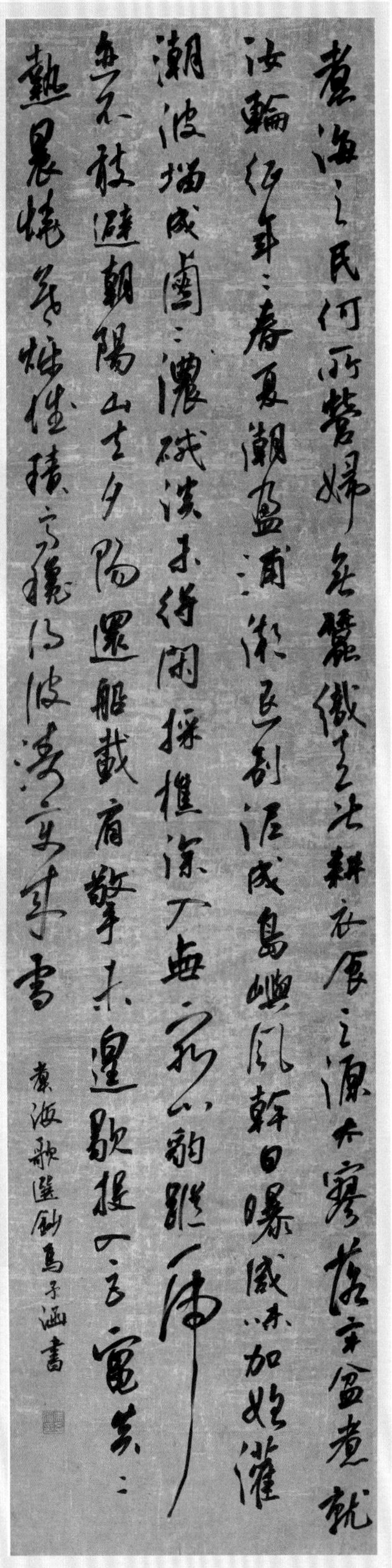

一等奖
学生姓名：马予涵
指导老师：花汇
就读学校：上海市园南中学

泉南歌

【北宋】谢履

泉州人稠山谷瘠，
虽欲就耕无处辟。
州南有海浩无穷，
每岁造舟通异域。

泉州府人口稠密，但山谷土地却相当贫瘠，想要在此种植庄稼，都没有适合的地方可以开辟耕地。

在泉州南面有浩瀚无穷的大海，当地的百姓每年都要伐木造船，航行到国外去与外国人做生意。

朗读视频

科普知识点

州南有海浩无穷，每岁造舟通异域

泉州位于中国东南地区，三面环山，一面临海。早在秦汉时期，闽越先民就形成了以舟为车、以楫为马的生活。自三国至五代，造船业在东南沿海地区声名远播。伴随宋元海上丝路的繁荣，以福船为代表的中国传统海船扬帆海外。宋元时期，帆樯林立、客商云集的泉州取代杭州、四明（今宁波）、广州，成为全国最繁荣的对外贸易中心和著名的世界大港。

优秀奖
学生姓名：周琪
指导老师：汪兰花
就读学校：上海市浦东新区新城小学

【鹊桥仙】

【南宋】陆游

一竿风月，一蓑烟雨，家在钓台西住。
卖鱼生怕近城门，况肯到红尘深处？
潮生理棹，潮平系缆，潮落浩歌归去。
时人错把比严光，我自是无名渔父。

一根鱼竿，钓弄起一缕清风明月；一袭蓑衣，网罗下一梭蒙蒙烟雨。我的家，就坐落在东汉隐士严光的钓台西边。每次卖鱼，都唯恐离城门太近，又怎会深入喧嚣的闹市？

潮水初涨时，便划着船桨，泛舟出门打渔去；潮水平复时，便把船停靠在岸边系好缆绳；待等到潮水回落时，便又高声唱着渔歌尽兴返回家中。同时代的人们总是错把我比作披蓑垂钓的严光，他们又哪里会知道，我其实一直都只想做一个籍籍无名的渔父罢了。

朗读视频

当代 杨善深 《春到渔港》

科普知识点

潮生理棹，潮平系缆，潮落浩歌归去

潮汐的运动主要由太阳、月亮的引力造成。农历新月（初一）和满月（十五）时，太阳、月亮与地球连成一线，在引力作用叠加下，产生大潮。此时由于海水涨落幅度大，水流湍急，各种藻类和鱼类活动量较大，是捕鱼的最佳时间。而在上弦月（初七或初八）和下弦月（二十二或二十三）期间则为小潮，海流平缓，鱼类和藻类的活动范围较小，出海钓鱼的人相对少。

【蜑户】

【南宋】杨万里

天公分付水生涯，从小教它踏浪花。
煮蟹当粮那识米，缉蕉为布不须纱。
夜来春涨吞沙觜，急遣儿童斸荻芽。
自笑平生老行路，银山堆里正浮家。

朝廷让出自少数民族的蜑户们世世代代都生活在广东、福建一带的海上，不允许他们上岸靠近陆地，所以，他们自幼都在长辈的教导下，学会了踏着浪涛，在水里捕鱼捉虾讨生活的本领。

蜑户们把煮熟的螃蟹当作粮食用来充饥，却不知道什么是大米；因为没有纱，就把采来的芭蕉叶当作衣服穿在身上。

要是实在没有东西可吃了，他们就会趁着潮水漫过尖角形的沙洲之际，派身形小巧的儿童去陆地上采摘荻芽以果腹。

没想到，早已习惯了陆上生活的我，竟也会在半百之年坐着舟船在白浪滔天的海上行走，体会了一把蜑户的水上生涯。

朗读视频

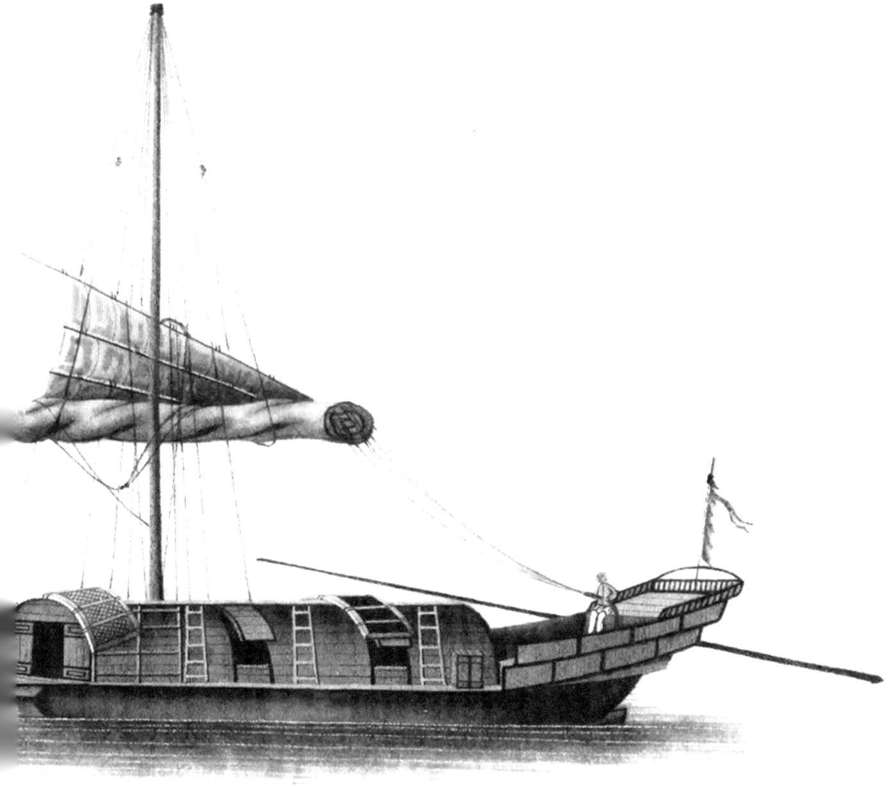

19 世纪　佚名　《西瓜扁船通草画》

科普知识点

天公分付水生涯，从小教它踏浪花

疍民是生活在中国沿海及内河上的一个特殊族群，主要分布在广东、福建、广西、海南等区域，他们以船为家，以水为生计，历史上有蜑、蜑户、蜑人、白水郎、疍民、疍家等不同称呼，今天统称为水上居民、渔民。早期疍民以百越民族为主，后由于战争、社会动乱、政治破坏等诸多原因，部分原来居住在陆地的人们不得不离开陆地，生活于水上，成为疍民。

海乡竹枝歌（其一）

【元】杨维桢

潮来潮退白洋沙，白洋女儿把锄耙。
苦海熬干是何日？免得侬来爬雪沙。

白茫茫的沙滩上，潮水总是涨起又退去，自幼便生长在这里的姑娘，手里总是拿着锄耙不停地翻晒着盐巴。

这样的苦日子，到底什么时候才能够熬到头？想必等到那会，她们就不用每天都风吹日晒与盐为伍了吧？

朗读视频

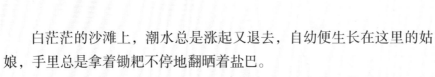

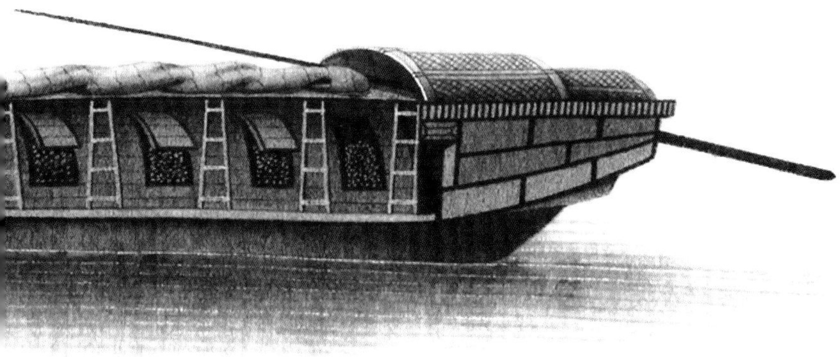

19 世纪 佚名 《西南谷船通草画》

科普知识点

苦海熬干是何日，免得侬来爬雪沙

自汉以来，很多朝代都把盐作为国家的专卖品。元代盐课仍是国家重要的财政来源。在制盐技术方面，元代大体上沿袭了宋代，但也有若干差异：一是福建大部分盐场开始采用晒盐法，从煮盐到晒盐的转变，使盐产量增加，成本降低，是制盐技术史上的一大变革；二是唐宋以来采用畦晒法，即在盐池周围开辟畦子，将池中的卤水导入畦中，利用日光和风力蒸晒成盐，元代则任其在池中凝结，然后捞取。

直沽海口

【元】王懋德

极目沧溟浸碧天，
蓬莱楼阁远相连。
东吴转海输粳稻，
一夕潮来集万船。

朗读视频

放眼望去，浩瀚的大海与无垠的蓝天，紧紧连接在一起，远处海对岸的蓬莱楼阁，更是一座挨挤着一座，煞是壮丽。

大米等粮食都是通过海运，从江浙一带的东吴之地运输过来的，只是一夜的工夫，直沽港口便汇聚了成千上万南来北往的船舶。

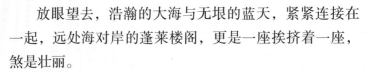

明 陈洪绶 《杂画册》

科普知识点

东吴转海输粳稻，一夕潮来集万船

利用海道运送漕粮的历史最早可以追溯到秦朝，至元代建立了漕粮海运体制，推动了中国古代海运历史的发展。航线是从刘家港出发，由长江口出海后直接向东进入黑水洋，一路直奔成山角，再转向西由渤海南部抵达直沽海口。在顺风顺水的情况下，仅需十天即可完成整个航程。

咏景德镇兀然亭

【明】缪宗周

陶舍重重倚岸开，舟帆日日蔽江来。
工人莫献天机巧，此器能输郡国材。

制作陶器的作坊，沿着江岸一重重排开；运载陶器的舟船，每天都往来于此，遮天蔽日地布满了整个江面。

这些制作陶器的匠人们，莫不是有着巧夺天工的技艺？也难怪这里出产的陶器，桩桩件件，都是输送给海外各个国家的佳物呢！

朗读视频

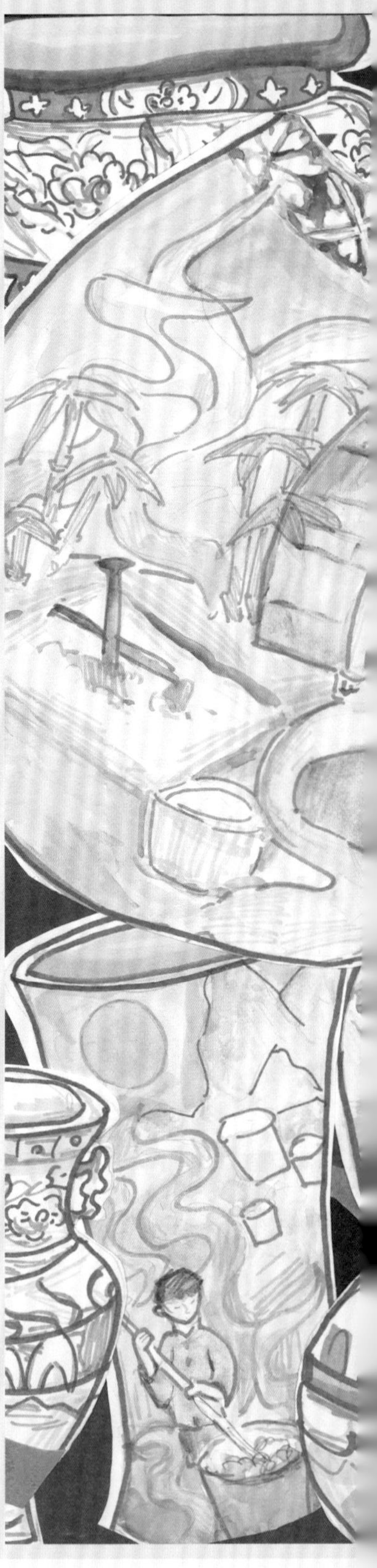

科普知识点

陶舍重重倚岸开，舟帆日日蔽江来

景德镇瓷器的对外贸易始于宋代，宋朝政府先后在广州、杭州等地设立市舶司，促进了包括景德镇青白瓷在内的全国各窑口瓷器的外销。元代，景德镇青花瓷异军突起。明清时的景德镇陶瓷融工艺、雕塑、书法、绘画、诗词于一炉，成就陶瓷业的新高峰，在中西海上贸易中交易量节节攀升，一时引领了西方的审美潮流。

三等奖
学生姓名：顾倾妍
指导老师：许艳
就读学校：上海市静安区闸北实验小学

广州竹枝词（其四）

【清】屈大均

洋船争出是官商，十字门开向二洋；
五丝八丝广缎好，银钱堆满十三行。

朗读视频

竞相往来的外国商船，都停泊在官方的商行门前，出了十字门，便可以分头驶向东洋和西洋各国。

各地的丝绸，还要数广州的锦缎最好，用它做贸易换来的银钱，更是堆满了人头攒动的十三商行。

优秀奖
学生姓名：项征
指导老师：闫璐瑶
就读学校：上海市浦东新区明珠临港小学

科普知识点

洋船争出是官商，十字门开向二洋

清代，在广州设立的“洋货行”是清政府对外贸易的官方管理机构。清政府规定，广州进出口的货物都必须由十三行行商办理，本地或外地的其他商家都不准同外商直接交易。1757 年，清政府下令指定广州为经营欧美贸易的唯一口岸。鸦片战争后，随着《南京条约》的签订，广州作为五个通商口岸之一被开放通商。

第三单元 离别之意

离愁别绪，舟载五味。故国乡土之思、骨肉亲人之念、挚友离别之忧，千百年来无数诗人都叹离别、伤离别，每一种离别都牵动着心弦。古时交通不便，水运不畅，航海技术不够发达，一旦分离就不知何日才能再相逢，只能用缠绵凄切的文字，倾诉对乡土的眷恋、满腔的伤感等“忆乡怀往”的思念之情。

九江单桅客船（长：208 厘米　宽：55 厘米　高：150 厘米）

九江历史上曾称为浔阳、江州，位于江西省最北部，长江中下游南岸，赣、皖、鄂、湘四省交界处，集庐山，鄱阳湖和长江之滨，水陆交通十分便利。沿江西上，可达武汉、重庆；顺江东下，可通南京、上海。沿鄱阳湖进发，可与赣江、修河、抚河、昌江、信江五大水系相连。

九江自唐代起就是江南的重要商埠，也是一个具有千年历史的老港。南方百姓“以船为车，以楫为马”，因此此地商船数量众多，商贸繁盛，成为附近州县的物资集散地。这是一艘九江单桅客船，古代官员商贾，文人墨客曾经乘坐此类客船进出九江，李白就曾五次出入九江。

九江的造船工业历史悠久，战国时造船业已具相当水平。唐代，九江造船技术精湛，可建造 20 丈长，载重 1 万石，乘六七百人的大海船。明代九江有制造海船的船厂。清代及民国年间，九江的造船业逐渐衰弱。新中国成立后，九江的造船业获得新生，得到发展。

【邶风·二子乘舟】

【西周】佚名

二子乘舟，泛泛其景。
愿言思子，中心养养！
二子乘舟，泛泛其逝。
愿言思子，不瑕有害！

二位公子一起乘着舟船出行，随波逐流远去，我多思念你们啊，心中总是充满忧愁与不安。

二位公子一起乘着舟船出行，船影渐渐隐没不见，我多思念你们啊，可不要遭遇祸殃。

朗读视频

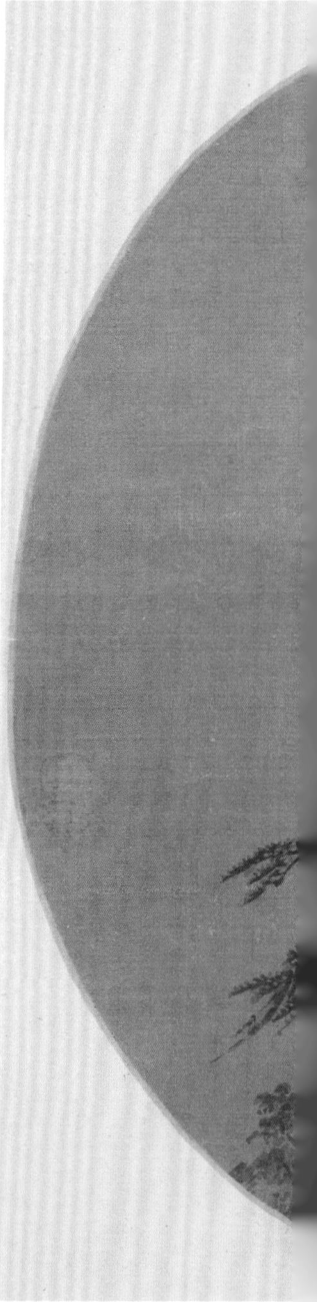

南宋 夏圭 《松溪泛月》

科普知识点

二子乘舟，泛泛其景

甲骨文中有“舟”而无“船”，“船”的字形始见于金文，说明“船”出现得比“舟”晚。先秦时期多用“舟”，汉代以后逐渐用“船”来替代“舟”。现代汉语中，“舟”一般不单独使用，而是用在书面语或成语当中，比如独木舟、同舟共济。

【别诗】

【东汉】应场

浩浩长河水，九折东北流。
晨夜赴沧海，海流亦何抽。
远适万里道，归来未有由。
临河累太息，五内怀伤忧。

朗读视频

黄河之水浩浩荡荡，曲折迂回地朝着东北方流淌而去。它不分昼夜地奔赴大海，而大海巨大的洋流又不断吸附着它，使它终年都无法停歇下来。

远行万里路途，我不知道什么时候才能回归故乡。望向眼前滔滔不绝的河水，我只能不住地叹息，心中充满了无限的悲伤与忧愁。

清 佚名 《渡口送别图》漆画

科普知识点

晨夜赴沧海，海流亦何抽

海流也叫洋流，是指在海洋中大规模沿着一定方向流动的水流，类似于河流在陆地上的流动。海流通常由多种因素驱动，包括风力、地球自转、水密度差异和地形等。

【黄鹤楼送孟浩然之广陵】

【唐】李白

故人西辞黄鹤楼，烟花三月下扬州。
孤帆远影碧空尽，唯见长江天际流。

旧日的故交和我在黄鹤楼分别后，在繁花似锦的三月天，乘着船儿一路向着东方的扬州行进。

孤单的帆影，渐渐消失于水天相接之处，举目望去，只有滚滚的长江水，依然在天边奔流。

朗读视频

现代 郑午昌 《江上帆影》

科普知识点

孤帆远影碧空尽，唯见长江天际流

长江是中国最长，也是亚洲第一、世界第三长河，全长约6 300千米。它源于青海省唐古拉山脉的冰川区，经过中国西部和中部地区，最终注入东海。长江是中国的母亲河，孕育了中华民族几千年的文明发展和繁荣，是中国重要的经济动脉和文化象征。

哭晁卿衡

【唐】李白

日本晁卿辞帝都，
征帆一片绕蓬壶。
明月不归沉碧海，
白云愁色满苍梧。

来自海国日本的朋友晁衡，已离开帝都长安返回家乡，正乘坐着巨大的帆船在东海上随波漂流。

一去不返的友人，仿佛空中的明月缓缓沉入了大海，而我思念友人的心情，更恰似白云抹着哀愁，无边无际地笼罩着苍翠欲滴的青山。

朗读视频

遣唐使船

科普知识点

日本晁卿辞帝都，征帆一片绕蓬壶

唐朝时期，日本为了系统地学习中国先进的文化和制度，以统一的官方名义向中国派遣使者，这就是“遣唐使”，其中尤以晁衡（原名阿倍仲麻吕）最为著名。因日本友人晁衡乘船归国途中遇到大风，当时误传晁衡已溺死，李白写诗以悼念。

【赠汪伦】

【唐】李白

李白乘舟将欲行，
忽闻岸上踏歌声。
桃花潭水深千尺，
不及汪伦送我情。

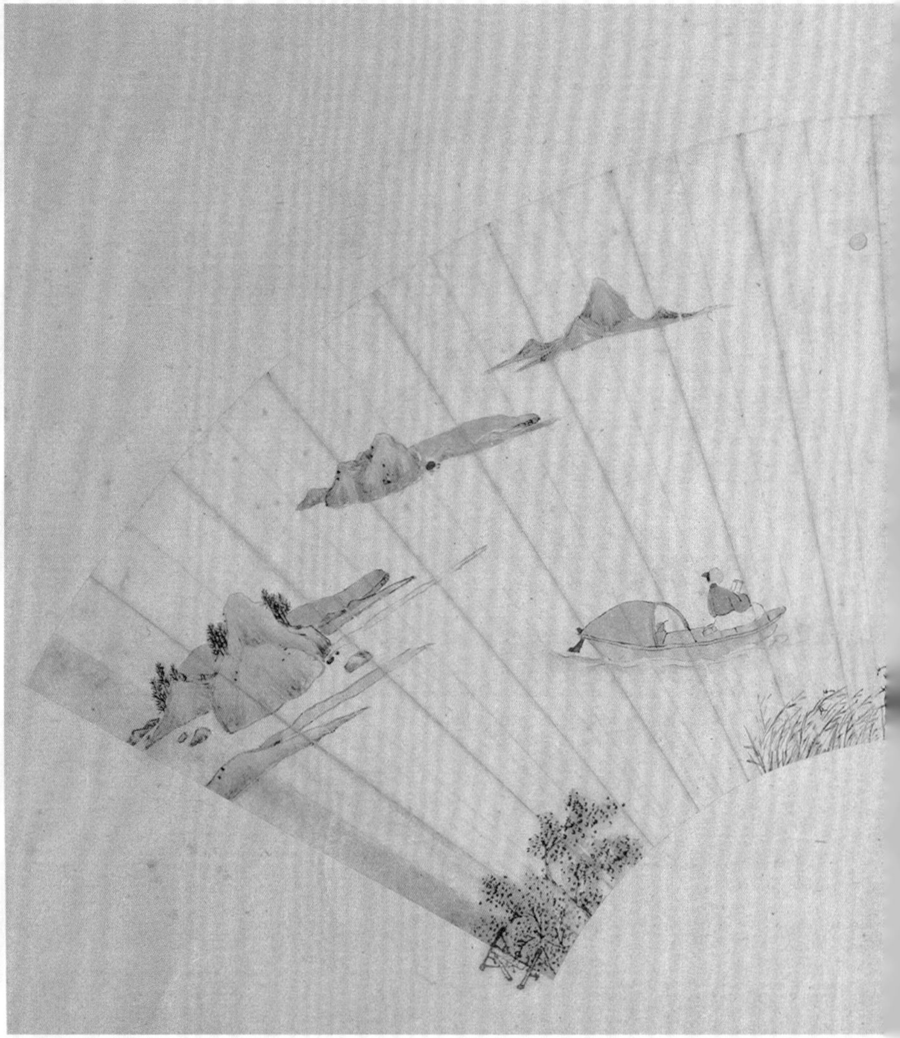

李白我乘着轻舟，即将要离开泾县远行，却忽地听到岸上传来阵阵踏歌之声，定睛一望，来人正是友人汪伦。

这落满桃花的潭水即便深至千尺，也比不上汪伦赶来送别我的情谊啊！

朗读视频

明末清初 文柟 《山水扇面》

科普知识点

李白乘舟将欲行，忽闻岸上踏歌声

安徽泾县一个叫汪伦的乡绅给李白写了一封邀请信：“先生好游乎？此地有十里桃花。先生好饮乎？此地有万家酒店。”李白高兴地去了，发现汪伦所说的“十里桃花”是指方圆十里的桃花潭，“万家酒店”是姓万的人家开的一家酒店，但汪伦盛情款待了他，赠他“名马八匹、官锦十端”，二人成为好友。此诗为李白乘船离别时给友人汪伦的一首赠别诗。

渡荆门送别

【唐】李白

渡远荆门外，来从楚国游。
山随平野尽，江入大荒流。
月下飞天镜，云生结海楼。
仍怜故乡水，万里送行舟。

我一路乘着舟船，渡江前往遥远的荆门外，来到战国时期的楚国境内游览。起伏连绵的高山，随着原野的出现渐渐隐去了踪迹，但见得，那浩浩汤汤的江水在广阔的莽原上奔流。

夜半时分，月亮倒映在水中，宛如天上飞来的明镜，煞是美丽，空中的云朵聚集变幻，形成了绮丽的海市蜃楼，简直妙不可言。即便如此，我还是更加恋慕故乡的滔滔江水，无论何时何地，它总是奔流不息地伴着我万里行舟。

朗读视频

渡遠荊門外來從楚國遊山隨平野盡
江入大荒流月下飛天鏡雲生結海樓
仍憐故鄉水萬里送行舟
李白渡荊門送別
癸卯之春顧晨旭書

优秀奖
学生姓名：顾晨旭
指导老师：徐奕
就读学校：上海市实验学校附属光明学校

科普知识点

月下飞天镜，云生结海楼

“海楼”即海市蜃楼，是一种自然现象，通常出现在海岸线上,也可在沙漠或者平原上出现，尤其在气温差异大的地区。当空气层密度不同，折射率不同，造成光线的不同角度折射，就会形成“海市蜃楼”，呈现出一座座城市、楼阁、山峰等建筑物的影像，就像“海楼”一样。

【望月怀远】

【唐】张九龄

海上生明月，天涯共此时。
情人怨遥夜，竟夕起相思。
灭烛怜光满，披衣觉露滋。
不堪盈手赠，还寝梦佳期。

月亮从海平面上升起来了，你我虽天各一方，却依旧可以在相同的时分，分别在不同的地方，欣赏到同一片月光。多情的人儿总是怨恨这长夜太过漫漫，一整个晚上都因为相思辗转难眠。

吹灭了烛火，任月光洒满屋子，这温婉的景色煞是惹人心动。起身披上衣服，到庭院里赏月，却无奈露水濡湿了衣衫。感叹无法用双手捧起美丽的月光赠予远方的你，还不如赶紧进入梦乡，与你在梦里团圆欢聚 。

朗读视频

优秀奖
学生姓名：马爱马
指导老师：郑娴
就读学校：上海市建青实验学校小学部

科普知识点

海上生明月，天涯共此时

大海与月亮在诗歌中是一对经常被联想在一起的意象。在中国人眼里，月亮不仅仅是一个星球，更是故乡、亲人、相思的寄托，有着丰富的文化意蕴。航海者的孤独感和思乡情绪是他们在海上航行时常常面临的心理挑战。

离思

【唐】元稹

曾经沧海难为水，
除却巫山不是云。
取次花丛懒回顾，
半缘修道半缘君。

曾经目睹过浩渺的沧海，就觉得别处的水流和它比起来都相形见绌；曾经领略过巫山的云霭，就觉得别处的云彩和它比起来都黯然失色。

即使身处艳丽的万花丛中，我也从来都不屑回头一顾，一半是因为要潜心修道，一半却是因为心里有了你之后再容不下其他人。

朗读视频

明 沈周 《两江名胜之高邮》

科普知识点

曾经沧海难为水，除却巫山不是云

“沧海”即大海。因为大海一望无际、水深呈青苍色，所以古人将其称为“沧海”，这也是我国古代对东海的别称。“沧海”一词在很多古代诗词与文学中都曾出现，也从侧面反映了古代文人的浪漫色彩以及对海洋的憧憬。

【望江南】

【唐】温庭筠

梳洗罢，独倚望江楼。
过尽千帆皆不是，斜晖脉脉水悠悠。
肠断白蘋洲。

总是在清晨醒来梳洗完毕后，就习惯性地独自倚着楼阁，默默凝望着远处碧波万顷的江流。

日复一日，年复一年，无数舟船竞相从楼前经过，我阅尽了千片帆影，却没有一艘船上有我所期待的归人。

岁月荏苒，落日的斜晖，含情脉脉地映照着悠悠的江水，深深的思念萦绕在那片白蘋洲上，令我肝肠寸断。

朗读视频

科普知识点

过尽千帆皆不是，斜晖脉脉水悠悠

古代帆船是人们在江河、湖泊、海洋等水域中最为普遍的一种交通工具。通过操控风帆的方向和角度，人们实现了对船舶的驾驶掌控，以适应不同的水流、风向和航线，也减轻了人力负担，提高了航行的速度和效率，使人们可以更加安全、快捷地进行水上交通和商贸活动。

优秀奖
学生姓名：张润菲
指导老师：杨一宾
就读学校：上海市市北初级中学

【送秘书晁监还日本国】

【唐】王维

积水不可极，安知沧海东。
九州何处远，万里若乘空。
向国唯看日，归帆但信风。
鳌身映天黑，鱼眼射波红。
乡树扶桑外，主人孤岛中。
别离方异域，音信若为通。

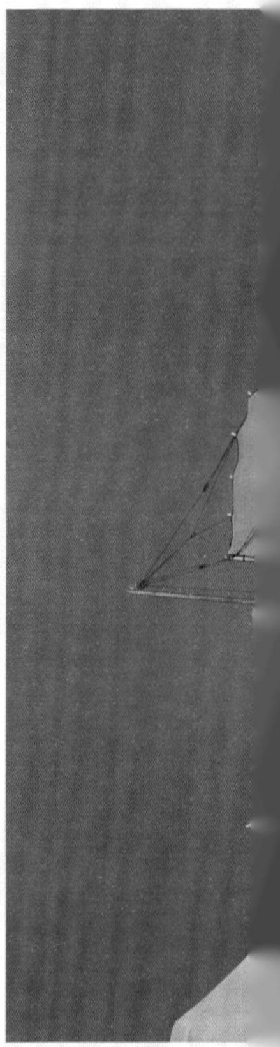

浩瀚的大海无边无际，怎么才能知道它的东面究竟是什么地方呢？距离华夏九州最远的地方又在哪里？万里之外的日本国，要抵达那里，仿佛要乘着风儿在空中飞行一般。

面对着太阳升起的地方，就能看到你的国家，但要回去的话，还是要凭借季风，才能扬帆远航。大鳌的身影巨大，把天都遮黑了，鲸鱼的眼睛放射出贪婪的目光，把波涛都映成了一片红浪。此去迢迢，怎不惹人牵挂？

你故乡山林间的树木远在扶桑国的大地上，而你的家住在遥远的孤岛上。想来，我们分别之后就要天各一方，以后，又该如何才能够互通音信呢？

朗读视频

福船

科普知识点

向国唯看日，归帆但信风

信风即季风。由于大陆和海洋在一年中增热和冷却程度不同,在大陆和海洋之间的大范围的、风向随季节有规律改变的风叫作季风。我国夏季刮偏南季风，冬季刮偏北季风，古代航海者利用季风进行远洋航行。

送渤海王子归本国

【唐】温庭筠

疆理虽重海，车书本一家。
盛勋归旧国，佳句在中华。
定界分秋涨，开帆到曙霞。
九门风月好，回首是天涯。

你我分别居住的国土，虽然隔着波涛重重的大海，但我们的国家，向来书同文、车同轨，原本就是一家亲，没什么大的区别啊！尽管你满载着盛誉返归故土，但你写下的精妙诗句，却一定能在中华大地上流传下去。

秋日的江水大涨，潮平岸阔，你将一路扬帆起航，迎着朝霞向东行进。想来你们渤海国的景色必定绝美，风物也必定更吸引人，但请你不要忘了时常回首望向天涯，因为海的这边，还有着无数牵挂你的朋友啊！

朗读视频

明 王谔 《江阁远眺图轴》

科普知识点

疆理虽重海，车书本一家

渤海国是中国古代历史上的一个少数民族政权，公元698年（武周圣历元年）由大祚荣以粟末靺鞨族为主体，联合其他靺鞨诸部和部分高句丽部所建，在今黑龙江、吉林部分地区。作为一个受大唐帝国册封的地方政权，渤海国先后派使臣赴唐百余次，唐朝也派人赴渤海国十余次，双方贸易往来十分频繁。

送新罗使

【唐】张籍

万里为朝使，离家今几年。
应知旧行路，却上远归船。
夜泊避蛟窟，朝炊求岛泉。
悠悠到乡国，远望海西天。

你不远万里，作为新罗国的使臣来到大唐，离开家乡也已经有好几个年头了。想必你一定还记得来时曾经走过的那条路，而今又要踏上那艘即将远归的舟船，怎不令人唏嘘叹息。

夜晚舟船停泊时，一定要避开蛟龙的洞窟；清晨起身之际，也记得要努力去寻找岛上清冽的泉水用来做饭。等你慢慢悠悠地回到家乡时，千万不要忘了回头望向大海的西面，因为那里一直都还有时常惦念着你的人。

朗读视频

科普知识点

夜泊避蛟窟，朝炊求岛泉

蛟是中国古代神话中的一种海怪。中国关于海怪的传说，在古书《山海经》《六朝志怪》以及沿海各地的地方志中都有过记载。中国海怪文化是华夏海洋文化的重要组成部分。海怪故事也曾随着海上贸易输入和输出不断地更迭换新，给这些被误认为“海怪”的海洋物种披上了一层神秘的面纱。

三等奖
学生姓名：袁千九
指导老师：李思捷
就读学校：上海中学东校

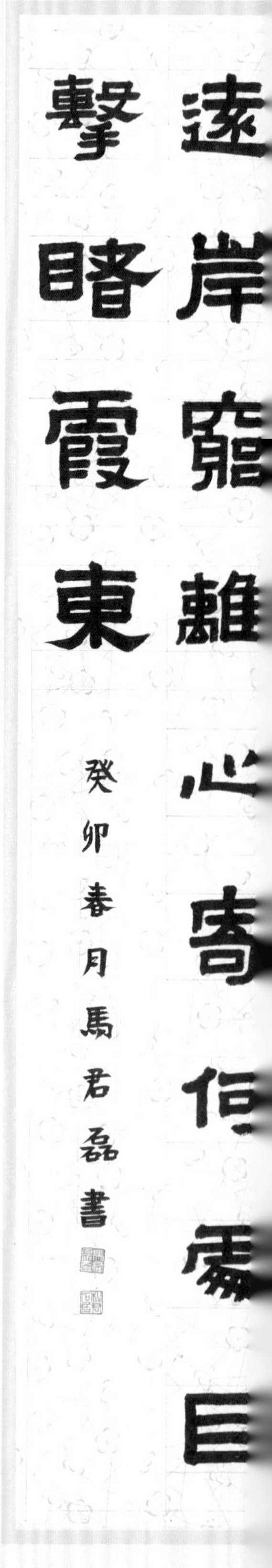

送朴山人归新罗

【唐】尚颜

浩渺行无极，扬帆但信风。
云山过海半，乡树入舟中。
波定遥天出，沙平远岸穷。
离心寄何处，目击曙霞东。

广阔的征途看似没有尽头，只管扬起船帆，乘着季风向前航行吧！待到你故国的云雾和山峰都已经没过半边海域之际，想必君家故乡的树木，也都已陆续映入了你的眼帘。

海波平定之际，遥远的天幕即将显现在你的眼前；岸沙平整，远处的海岸线，却早已消失在了你的目光可及之处。离别后，思念的心情又该寄托在何处？也只能远远地望向朝霞升起的东方，且思且念了。

朗读视频

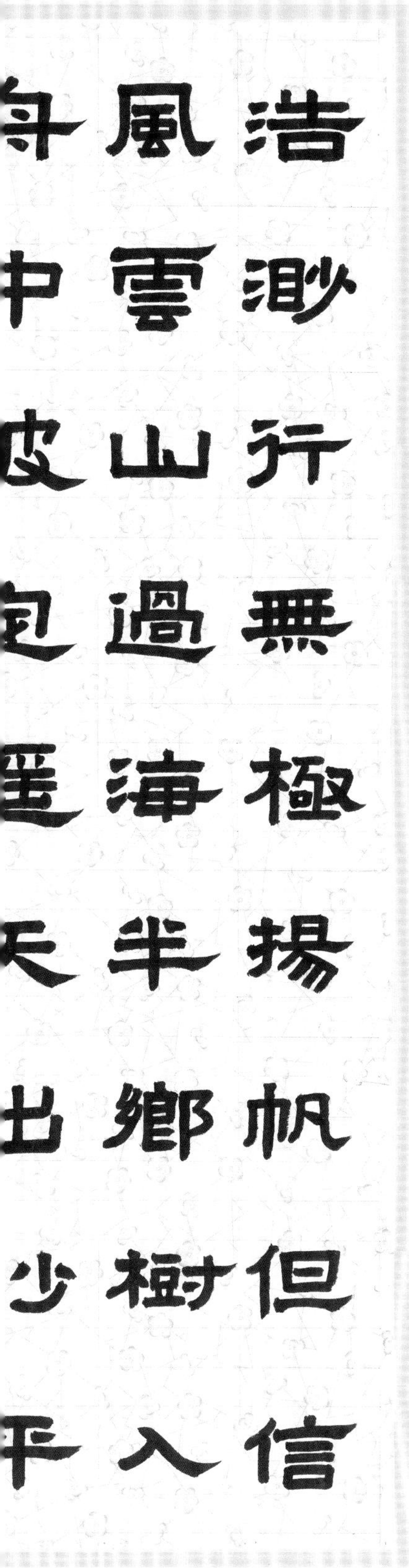

优秀奖
学生姓名：马君磊
指导老师：王雪纯
就读学校：上海市松江区泗泾第五小学

科普知识点

浩渺行无极，扬帆但信风

这是作者写给一位新罗隐士的诗。唐朝时，一些国家为了学习中国文化向唐朝派出交流使团，其中新罗方面派遣的使者团在150次以上，频率非常高。现今江苏淮安的古末口曾经是一个新罗遣唐使的侨居点。它地处大运河与淮河的交汇处，向东可以经淮口入海。遣唐使乘坐帆船远洋航行必然要借助风力进行，利用信风及其随季节变化的规律是唐代航海技术发展的重要表现。

送人游日本国

【唐】方干

苍茫大荒外，风教即难知。
连夜扬帆去，经年到岸迟。
波涛含左界，星斗定东维。
或有归风便，当为相见期。

朗读视频

日本国坐落在广阔荒凉的大海外，即便是风儿，也都难以知道那个地方。你匆匆忙忙地连夜乘坐着舟船扬帆而去，不知道要经过多少年，才会迟回到故土的岸边。

海上漂泊的日子里，你不用过多地担心，因为大海的波涛总是包裹着左边的岸地，天上的星斗亦可以确定方向。如若遇到返航的季风，一定不要继续留恋异域的风情，因为那便是我们重新相见的时候。

鉴真东渡
从公元七四二年
开始唐朝僧人
鉴真先后六次
尝试东渡
历尽千辛万苦
终于在七五四年
到达日本他留居
日本十年辛勤
讲授佛学理论

当代 石俊凤 《鉴真东渡》剪纸

科普知识点

波涛含左界，星斗定东维

在指南针发明之前，人们航海主要根据日月星辰来判定方向。开始人们根据太阳出没的方向来定东西，接着人们发现每天日影最短的时候太阳的方位恰好是正南，用它也可以判定东西南北。之后，人们又发现了北极星恒定在北方的方位，而北斗星一直在北极星的附近，指示着北极星的方位，夜间可以用它来分辨东西南北。

寄韩潮州愈

【唐】贾岛

此心曾与木兰舟，直到天南潮水头。
隔岭篇章来华岳，出关书信过泷流。
峰悬驿路残云断，海浸城根老树秋。
一夕瘴烟风卷尽，月明初上浪西楼。

我的心曾与木兰舟一起，朝着你居住的方向前进，直到抵达遥远的南国潮水尽头。隔着五岭，你曼妙的诗章依旧还是传到了华山西麓；出了蓝关，我写给你的书信越过迅疾的泷水，却不知何时才能送到你的手边。

驿路上到处都是高悬的险峰和氤氲的云雾，想要与你聚首谈何容易？波涛汹涌，蛮横地侵蚀着潮州城根的老树木。总有一天，狂风会把岭南的瘴气一扫而光，待到那时，月色清朗，想必潮州的浪西楼，定然是一片温馨柔和的景象。

朗读视频

19 世纪 佚名 《乌艚船通草画》

科普知识点

此心曾与木兰舟，直到天南潮水头

木兰舟是指用木兰树造的船。而木兰舟、兰舟也成了诗家对舟的美称。木兰树因为材质坚硬而又有香味，所以一直是制作舟船的理想材料。宋代，木兰舟还指一种巨型的远洋海船，周去非《岭外代答》记载：帆若垂天之云，舵长数丈，一舟数百人。

送徐彦夫南迁

【唐】张祜

万里客南迁，孤城涨海边。
瘴云秋不断，阴火夜长然。
月上行虚市，风回望船舶。
知君还自洁，更为酌贪泉。

好友徐彦夫就要乘着舟船去往遥远的南部赴任，可那里并不是什么好去处，而是一座孤悬在海边的城池。听说那里充满瘴气终年不散，每至夜幕降临，海上更是会出现连绵不绝的鬼火。

浅淡的月光下，街市上人迹罕至，只有我陪着徐彦夫走在寂寞的渡口。风声幽幽，回首望向即将远行的舟船，我还是忍不住叮咛了徐彦夫几句：君向来清正廉洁，当以名节为重，切莫因为贪财而毁了自己的声誉。

朗读视频

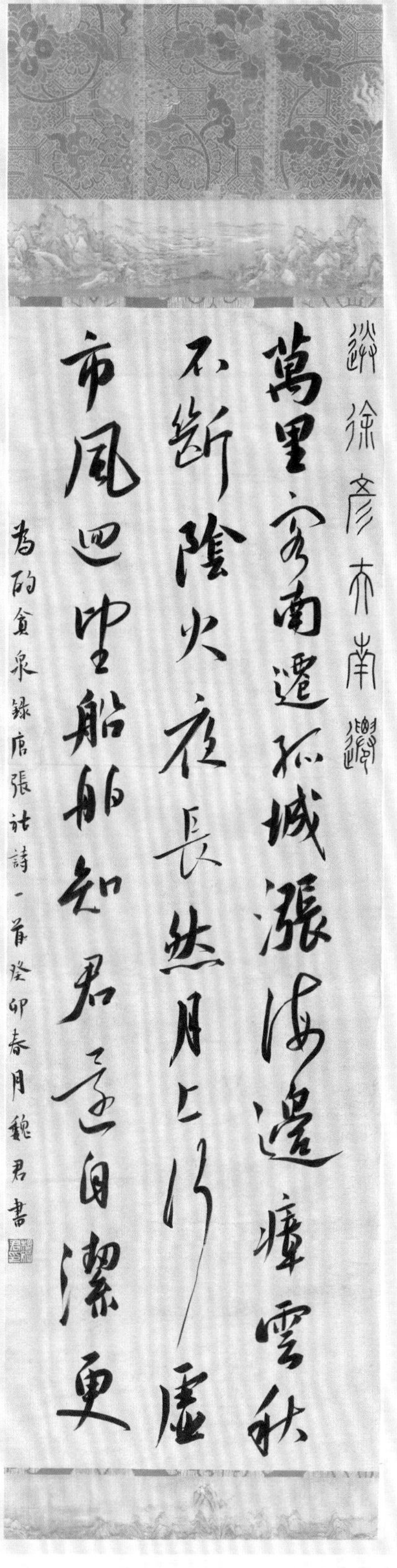

二等奖

学生姓名：魏君

指导老师：赵诗蓓

就读学校：上海市澧溪中学

科普知识点

瘴云秋不断，阴火夜长然

阴火是磷火的俗称，是磷化氢燃烧时产生的火焰。海上这些奇异的发光现象，习惯上也称为“海火”。而这“放火者”其实是一些海中的发光生物，如乌贼、虾或藻类，因为生物有机体死亡后挥发出的磷与水反应产生可自燃的磷化氢，其形成原理与陆地上的鬼火大致是一样的。

夜发分宁寄杜涧叟

【北宋】黄庭坚

阳关一曲水东流，灯火旌阳一钓舟。
我自只如常日醉，满川风月替人愁。

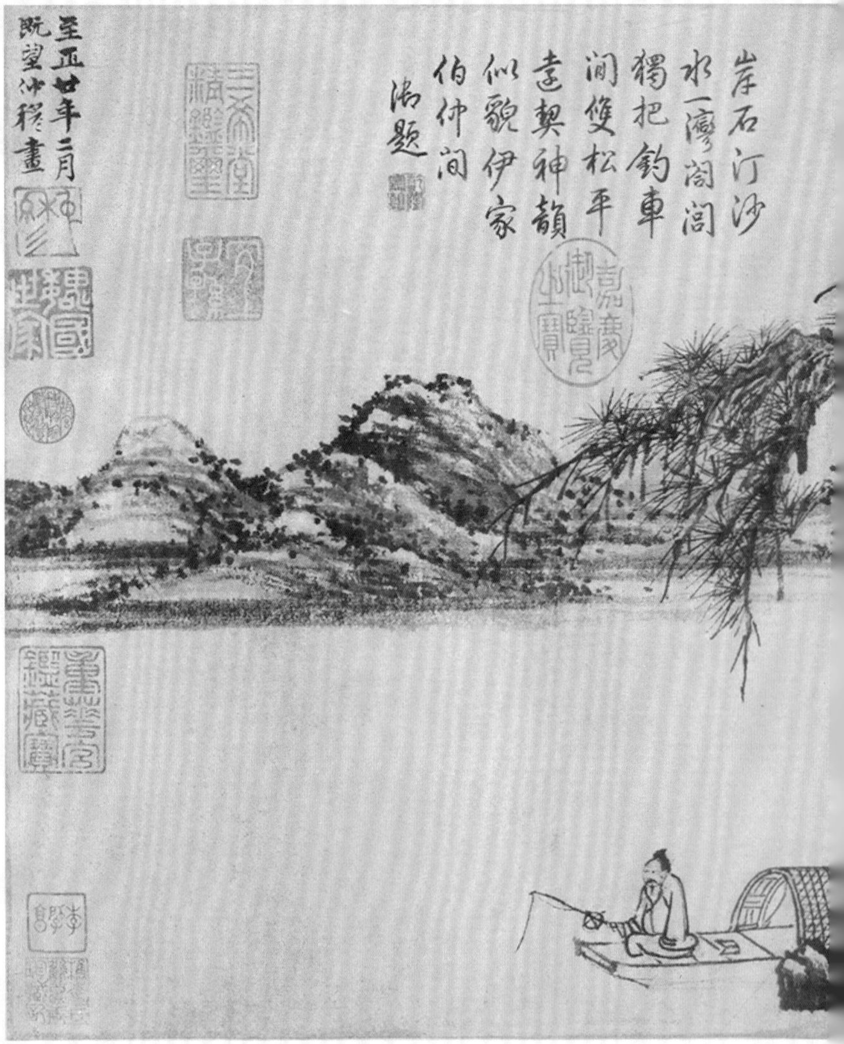

朗读视频

一支送别的《阳关》曲，在夜半时分悠然奏响，凝眸处，则是滚滚向东流去的江水。旌阳山上的灯火明明灭灭，即将远行的我，还是依依不舍地一一与友人道别，裹着满心的无奈，登上了一叶垂钓的扁舟。

我自认向来都把离别一事看得稀松平常，每一次分别，都跟往常喝醉了酒一样，倒也没什么可忧伤发愁的。只是这次却有些不同，那溢满一整个江面的风儿，还有那多情的月光，却仿佛都在替我抒发着满腹的愁绪。

元 赵雍 《松溪钓艇图》

科普知识点

阳关一曲水东流，灯火旌阳一钓舟

钓舟是进行钓鱼活动时使用的船舶。扁舟或竹筏是古代常见的钓船类型。这种船舶通常由简单的木材或竹子制成，形状平板，没有龙骨。它们适合在比较平静的水域用于钓鱼，如湖泊、河流和浅水区。而帆船通过风力推动，使得钓鱼者可以更远地进入深水区钓鱼。

【双调】寿阳曲·潇湘夜雨

【元】马致远

渔灯暗，客梦回。一声声滴人心碎。
孤舟五更家万里，是离人几行清泪。

远离家乡的游子，躺在孤舟之中，猛地被外面淅淅沥沥下个不停的雨声从梦中惊醒，才发现自己已经离开家乡万里之遥，而始终陪伴着他的，却只有眼前那盏昏暗不明的渔灯，伴着滴滴雨声叫人心碎。

家乡已经越来越远，已是五更天，游子辗转难眠，冷不防又想到了自己坎坷的命运，想到了故乡的亲人，不禁泪落如雨。

朗读视频

元 方从义 《武夷放棹图》

科普知识点

渔灯暗，客梦回

中国渔业的悠久历史可追溯到原始人类的早期发展阶段。那时人类以采集植物和渔猎为生，鱼、贝等水产品是赖以生存的重要食物。随着农业和畜牧业的出现和发展，渔业在社会经济中的比重逐渐降低，但在江河湖泊流域和沿海地区始终占有重要地位。

慢兴

【明】朱之渝

远逐徐生迹，移舟住别峰。
遗书搜孔壁，仙路隔秦封。
流水去无尽，故人何日逢？
乡书经岁达，离恨转重重。

朗读视频

不远万里，追逐着千年前徐福走过的足迹来到了此地，但我依然意犹未尽，又坐船继续前往徐福未曾到过的另一座山峰，并住了下来。已经在中土失传的古籍，在这里被搜寻到了，却无奈，回乡的路途已封让我展翅难飞。

流水永无止境朝远方默默流淌而去，什么时候我才能与家乡的故友至交在中原的大地上重逢？每次往家乡寄去的书信，都要经过一年才能抵达，而由此产生的离恨，便又陡地添了一重又一重。

当代 《秦始皇遣徐福东渡》

科普知识点

远逐徐生迹，移舟住别峰

徐福，战国末年琅琊人，精通医学等多种知识，前后两次受秦始皇之命出海航行，寻求仙药。徐福以求仙为名进行航海活动，是中国古代航海事业的开创者。

元夕无月（其二）

【清】丘逢甲

三年此夕月无光，明月多应在故乡。

欲向海天寻月去，五更飞梦渡鲲洋。

三年后的今夜，天空不见月光，那轮皎洁的明月，大概只会出现在故乡。

我想要到海天之外去寻找明月，却无奈只能在半夜的睡梦中，任由神魂一再飞渡重洋。

朗读视频

当代 夏葆元、戴刚锋 《黄海海战画》

科普知识点

欲向海天寻月去，五更飞梦渡鲲洋

1895 年，随着北洋舰队全军覆没，甲午中日战争以清政府的惨败而告终，之后签订的丧权辱国的《马关条约》，将中国台湾岛及其附属岛屿、澎湖列岛割让给日本。至此，中国台湾岛离开了祖国母亲的怀抱。在故乡被割让三年后的一个元宵节晚上，诗人作诗表达了对故乡的无限眷恋之情。

第四单元

千里之志

踏波蹈海，心游万仞。舟行江海之上，面对广阔的水天之境，诗人怀抱着各自的信念与追求，有激情满怀、壮志凌云的豪迈，有沉郁顿挫、抚今追昔的感怀，有纵横捭阖、意气风发的激昂，有执着顽强、坚持不懈的勇敢……尽管前路风高浪急，只要壮志不改，就能挂上云帆，横渡沧海。

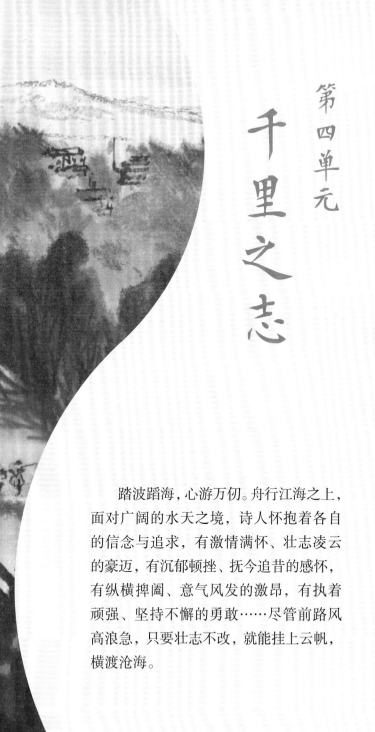

楼船（沿海）（长：201 厘米 宽：55 厘米 高：175 厘米）

楼船为中国古代战船，因船高首宽，外观似楼而得名，又因其船大楼高，远攻近战皆合宜，故为古代水战之主力。楼船过高，常致重心不稳，不适远航，故多在内河及沿海的水战中担任主力。海上楼船属于重屋结构，至少有两层建楼，高层用于巡海船队的指挥、瞭望以及观海。考虑到稳定性，船楼设计安排在两三层之间，即使存在第三层，也仅起到架楼形制的瞭望功能。

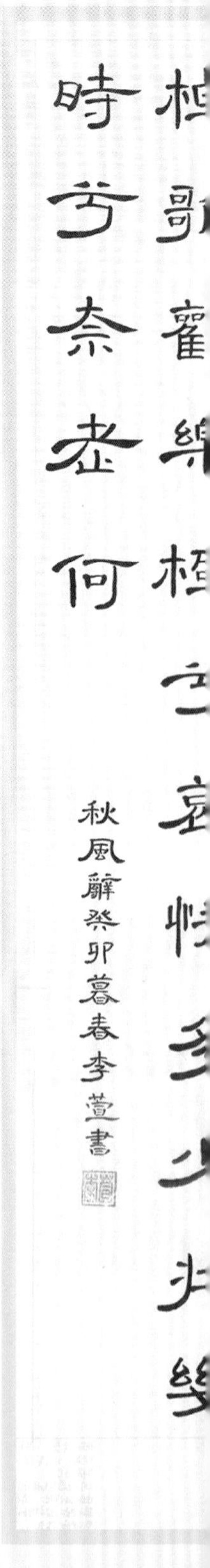

【秋风辞】

【西汉】刘彻

秋风起兮白云飞，草木黄落兮雁南归。
兰有秀兮菊有芳，怀佳人兮不能忘。
泛楼船兮济汾河，横中流兮扬素波。
箫鼓鸣兮发棹歌，欢乐极兮哀情多。
少壮几时兮奈老何！

秋风乍起，白云飘飘；草木枯黄，北雁南归。兰花秀美，菊花芬芳，我思念远去的美人，难以忘怀。

乘着楼船，缓缓行驶在汾河上，划动船桨，扬起白色的波浪。吹箫更兼打鼓，乐人们齐声唱着棹歌一路前行，却不知道欢乐若过了头便是哀伤的道理。年轻健壮的时日能有多久呢？人总是会慢慢变老，而无可奈何。

朗读视频

秋風起兮白雲飛草木黃落兮
鴈南歸蘭有秀兮菊有芳懷佳
人兮不能忘泛樓船兮濟汾河
橫中流兮揚素波簫鼓鳴兮發

三等奖
学生姓名：李萱
指导老师：陈民
就读学校：上海市食品科技学校

科普知识点

泛楼船兮济汾河，横中流兮扬素波

楼船是汉代最著名的战船船型。汉武帝时楼船水师南征北战，立下汗马功劳。汉代楼船体势高大。楼船的“楼”一般有三到四层。第一层叫庐，第二层叫飞庐，最高一层被称为爵室或者雀室。指挥官就在爵室中，居高临下统筹战局。一艘船可容纳上千名士兵。

长歌行（节选）

【西汉】佚名

百川东到海，
何时复西归？
少壮不努力，
老大徒伤悲。

所有的河流都会向东流往东海，什么时候，它们才能回流到西方呢？

一个人，如果在少壮年华不抓紧时间奋发图强，那么等到他老了，必将会一事无成，再悲伤也无济于事。

朗读视频

科普知识点

百川东到海，何时复西归

我国位于亚洲的东部地区，青藏高原位于我国的西部，所以我国的地势总体特征为“西高东低”。这使得我国的河流大多自西向东流动，比如我国的母亲河长江和黄河，都发源于青藏高原，自西向东流动注入太平洋。

优秀奖
学生姓名：李熙雯
指导老师：龚仁元
就读学校：上海市奉贤区头桥中学

行路难（其一）

【唐】李白

金樽清酒斗十千，玉盘珍羞直万钱。
停杯投箸不能食，拔剑四顾心茫然。
欲渡黄河冰塞川，将登太行雪满山。
闲来垂钓碧溪上，忽复乘舟梦日边。
行路难！行路难！多歧路，今安在？
长风破浪会有时，直挂云帆济沧海。

金杯里装着的美酒，每斗价值十千钱，玉盘中盛着的佳肴，更是价值万钱。我放下酒杯和筷子，郁闷到再也吃不下一口酒食，兀自拔出随身佩戴的宝剑，百无聊赖地环顾着四周，心里却感到万分茫然。

想要渡过黄河，凛冽的冰雪却堵塞了这条大河；想要登上太行山，风雪却早已封闭了山径。我只能像姜太公一样，在闲暇的时候垂钓于溪上，却又总是按捺不住地，像伊尹一样，梦到乘舟出现在圣主身边。

远行的道路是何等的艰难！太艰难了，歧路纷杂冗多，真正的大道究竟在哪里呢？然而，我还是坚信，总有一天，我会乘着长风破开万里波浪，高高挂起云帆，在滚滚的波涛中勇往直前。

朗读视频

现代 丰子恺 《水碧山青》

科普知识点

长风破浪会有时，直挂云帆济沧海

随风张挂风帆，能够使船舶快速前进。早期的帆是属于固定装置的方形帆，只能利用顺风。后来人们逐步改变了帆幕的装置方式，将两边对称的正装方式改变为两边不对称的斜装方式，两侧受风面积不同，形成压力差，可以接受侧后方的来风。人们又通过帆索结构的改进，使得固定的帆幕可以随着风向的改变而变化张挂方向。因此，帆船就从只能利用顺风或后侧风逐步发展为可以利用八面来风。

旅夜书怀

【唐】杜甫

细草微风岸，危樯独夜舟。
星垂平野阔，月涌大江流。
名岂文章著，官应老病休。
飘飘何所似，天地一沙鸥。

和煦的微风，缓缓吹拂着江岸的细草，一叶小舟孤单地默默停泊在孤寂的夜里。星星高高垂挂在天边，远处的平原和田野显得广阔无垠，月光随波涌动，大江翻滚着向东流去，一切都还是那么自然，那么温馨。

这些年来，我难道是因为会写文章而著称于世吗？年老多病，也应该罢官归里了，还有什么是割舍不下的呢？终年四处漂泊的我，正像是天地间那一只孤飞的沙鸥。

朗读视频

明 沈周 《两江名胜之淮阴》

科普知识点

细草微风岸，危樯独夜舟

樯是木帆船上竖立于船舶甲板上的长杆，用于悬挂风帆。因此，船桅的发明和船帆的发明是相伴而生的。东汉刘熙《释名》有“随风张幔曰帆，使舟疾泛泛然也”的记载，说明船帆和船桅的发明时间远远早于此。汉朝时就已出现多桅多帆的技术。

岁暮海上作

【唐】孟浩然

仲尼既云殁，余亦浮于海。
昏见斗柄回，方知岁星改。
虚舟任所适，垂钓非有待。
为问乘槎人，沧洲复谁在？

孔夫子已经去世很久了，我如今也效仿他，乘船浮游在大海上。夜幕降临，我在天幕上看到北斗星的斗柄倏忽掉转，才知道新的一年已然到来。

放任轻便的木船随波逐流，我兀自垂下钓竿，心里却没有任何期待。只想问一问那乘槎归来的旅人，海上仙洲到底都在什么地方呢？

朗读视频

优秀奖

学生姓名：黄亭茹

指导老师：毛慧芝

就读学校：上海市临港第一中学

科普知识点

昏见斗柄回，方知岁星改

古人很早就学会了利用星象进行海上导航。“斗”指北斗星，共7颗，在北方天空排列成斗杓形。北斗七星形状如勺子，从它的“斗口”方向，向上延伸5倍就可以找到北极星。北极星所在的方向便是正北。北斗七星不停地围绕北极星做旋转运动，可以根据它在天空的位置判断当时所处的季节。

酬乐天扬州初逢席上见赠

【唐】刘禹锡

巴山楚水凄凉地，二十三年弃置身。
怀旧空吟闻笛赋，到乡翻似烂柯人。
沉舟侧畔千帆过，病树前头万木春。
今日听君歌一曲，暂凭杯酒长精神。

被贬谪到巴山楚水那种荒芜凄凉的地方后，我已经在他乡茫然地度过了23年的沦落生涯。总是怀念故去的旧友，而今却只能于蓦然间一再吟诵起向秀所写的那首《思旧赋》，即便已返回故土，眼前所看到的一切，却都非旧日光景，怎不让人唏嘘？

翻覆的沉船畔，依然还有千艘帆船从它身旁默默驶过，枯萎的树木前，依然还是万木争春的葱茏景象。今天听了你在席间特地为我吟唱的诗篇，我深深感动，便暂且借这一杯美酒，来振奋下萎靡不顿的精神吧！

朗读视频

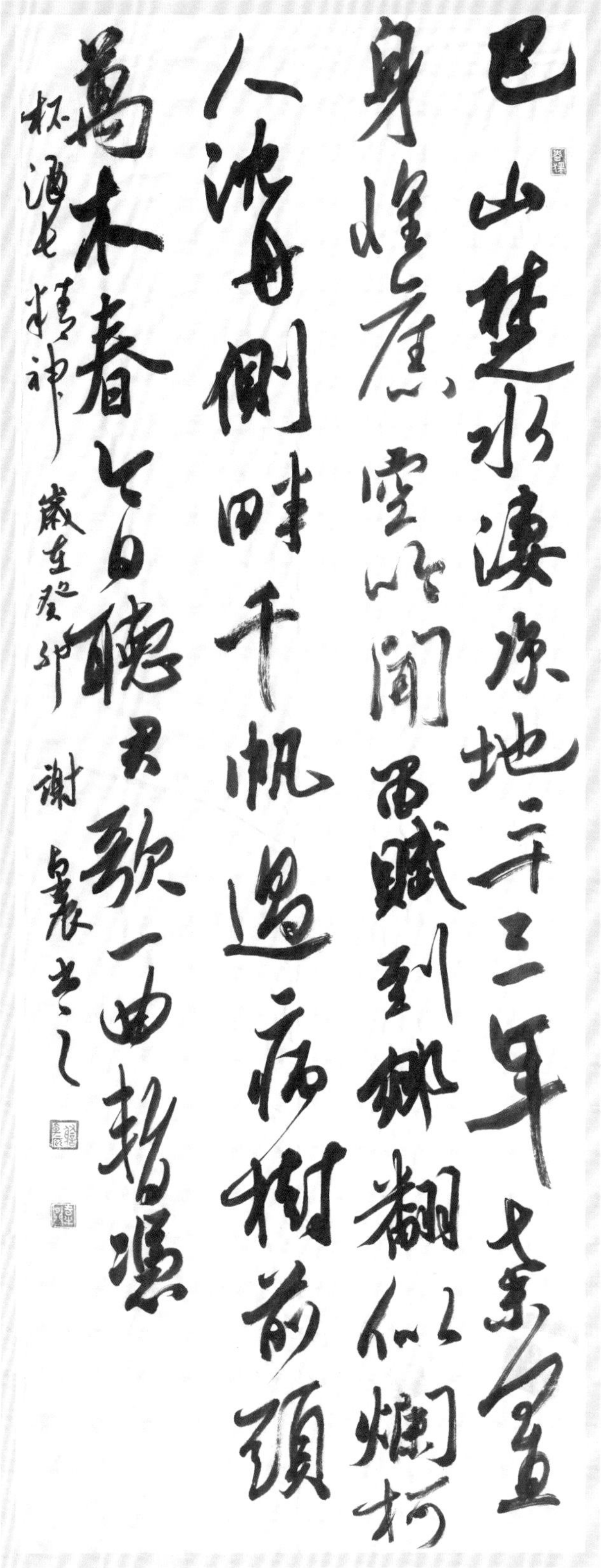

三等奖
学生姓名：谢卓辰
指导老师：张卫东
就读学校：上海市青浦区实验中学

科普知识点

沉舟侧畔千帆过，病树前头万木春

在古代，由于科学技术的局限，航海条件相对艰苦，船舶的安全性和航行稳定性都远不如现代。一旦船舶失事，也难以救助打捞。木制的船舶经受风涛海浪的洗涤，能保留到今天的寥寥可数。千百年来，每一艘沉船都代表了一段历史，也见证了人类探索海洋的勇气。

【西塞山怀古】

【唐】刘禹锡

王濬楼船下益州，金陵王气黯然收。
千寻铁锁沉江底，一片降幡出石头。
人世几回伤往事，山形依旧枕江流。
今逢四海为家日，故垒萧萧芦荻秋。

朗读视频

王濬的战舰刚刚从益州出发，江东金陵的王气便骤然失色。千丈长的铁链被东吴君臣沉入浩瀚的江底，却依然阻挡不了晋军的攻势，石头城上亦早已挂满了投降的旗帜。

不管人世间有多少伤心往事，西塞山依旧岿然不动地背靠着滚滚江流，未曾有过丝毫的变迁。而今，天下早已一统，四海皆成一家，旧时的堡垒已成废墟，唯有长满岸边的芦荻，依旧还在瑟瑟的秋风中飘摇呜咽。

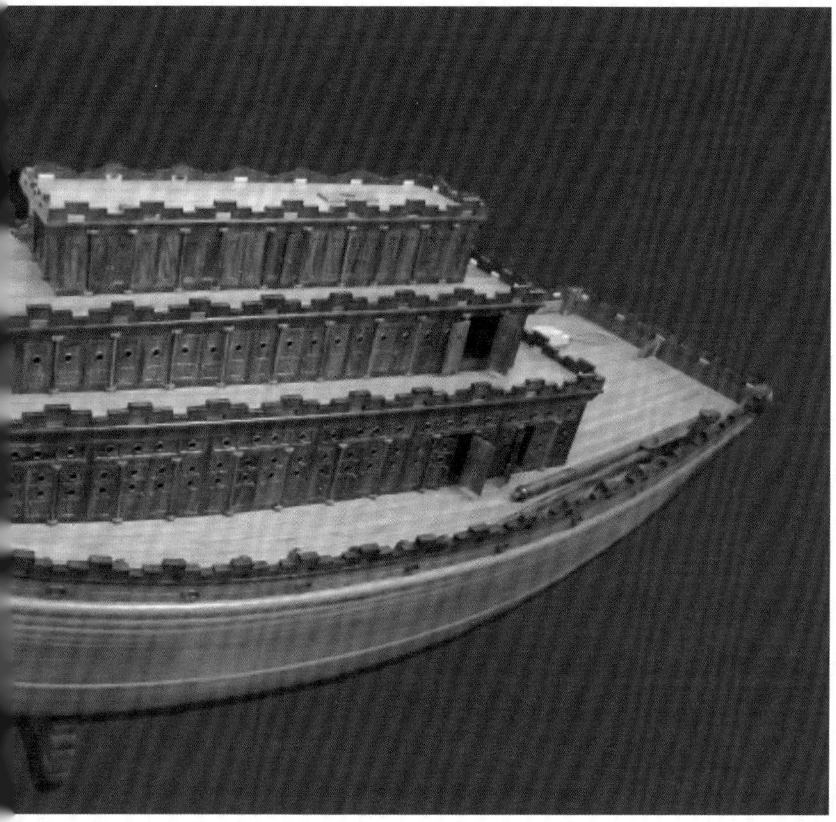

内河楼船

科普知识点

王濬楼船下益州，金陵王气黯然收

西晋灭蜀汉之后，为了继续消灭东吴，统一全国，晋武帝派王濬在益州（今四川一带）集中建造楼船，组成一支庞大的水军。公元 280 年，王濬率领楼船军顺长江而下，一路势如破竹，成功攻破吴国都城建业（今江苏南京），吴国灭亡。

【登鹳雀楼】

【唐】王之涣

白日依山尽，
黄河入海流。
欲穷千里目，
更上一层楼。

凝眸处，太阳正依傍着青翠的山峦慢慢西沉下去，黄河水依旧执着地朝着大海的方向奔腾。

如果想要放眼遍览这殊胜的千里风光，那就请君移动脚步，再登高一层楼。

朗读视频

白日依山盡黃河入海流
欲窮千里目更上一層樓
癸卯年王甍畫

科普知识点

白日依山尽，黄河入海流

黄河自青藏高原的巴颜喀拉山奔流而下，横贯九省区，最后经过山东东营汇入渤海。河流从高处流向低处，最终流入海洋，是地球水循环的一部分。

二等奖
学生姓名：王甍
指导老师：吴为定
就读学校：上海市第一师范学校附属小学

汴河怀古（其二）

【唐】皮日休

尽道隋亡为此河，至今千里赖通波。
若无水殿龙舟事，共禹论功不较多。

朗读视频

人们都说隋炀帝是因为修造汴河，才导致了隋朝的迅速灭亡，却不意当今天下的水上交通运输，依然还是要依赖这条河。

如果没有发生打造龙舟，沿水路去扬州纵情享乐的荒唐事，隋炀帝的赫赫功勋，几乎可以与治理水患的大禹相媲美。

19 世纪 佚名 《龙舟通草画》

科普知识点

尽道隋亡为此河，至今千里赖通波

隋炀帝开修的大运河，以河南省洛阳市为中心，南达余杭（今杭州），北通涿郡（今北京），全长 4 800 余里（1 里 =500 米），沟通海河、黄河、淮河、长江、钱塘江五大水系，是世界上最长的人工河。通济渠又称汴河，作为隋唐大运河的首期工程，由隋炀帝征集河南、河北诸郡百万民工开凿，连接了黄河与淮河，全长 650 千米。

和淮上遇便风

【北宋】苏舜钦

浩荡清淮天共流，
长风万里送归舟。
应愁晚泊喧卑地，
吹入沧溟始自由。

清澈的淮水浩浩荡荡，仿佛与天河汇聚在一起同流，劲风不远万里，一直默默吹送着我乘坐的归舟。

总是担心晚上停航之际，会将舟船停泊在喧闹低湿的地方，但愿长风会把我乘坐的行舟吹进辽阔的大海，唯有在那里，我才能感受到真正的自由。

朗读视频

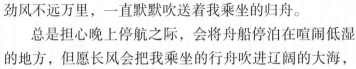

二等奖
学生姓名：胡飒
指导老师：顾秀华
就读学校：上海市泗塘中学

科普知识点

浩荡清淮天共流，长风万里送归舟

淮水即淮河，在古代与长江、黄河、济水并称“四渎”，是独流入海的四条大河之一。隋唐时代，随着大运河的开凿，中原的汴水偏离旧道，在泗州汇入淮水，再经中渎水南下，汇入长江。淮水成为贯通中原与江南的动脉，无数行旅从长安出发，趋洛阳，赴汴州，经淮水而南下，直抵江南。文人经淮水南来北往，也留下许多脍炙人口的诗篇。

【临江仙·夜归临皋】

【北宋】苏轼

夜饮东坡醒复醉，归来仿佛三更。
家童鼻息已雷鸣。敲门都不应，倚杖听江声。
长恨此身非我有，何时忘却营营？
夜阑风静縠纹平。小舟从此逝，江海寄余生。

夜里和朋友们一起在东坡上饮酒，醉了又醒，醒了又醉，回来的时候好像已经是三更天了。家里的童仆早就睡下了，远远地就可以听到他们如雷的鼾声。我反复敲打着院门，里面都没有任何回应，无奈之下，只好独自倚着藜杖来到江边，倾耳聆听着汩汩的江水声。

恨只恨，身在宦途，这副身躯已然不是我自己所有，做什么都身不由己。什么时候，才能把那些为了功名利禄而钻营奔竞的念头彻底抛诸脑后呢？只愿趁着这夜黑天高、风平浪静之际，独自驾起一叶扁舟，自此消逝于苍茫大地，日日都泛游于江河湖海之上，以遣余生。

朗读视频

优秀奖
学生姓名：张天尧
指导老师：祝珊珊
就读学校：上海市闵行中学

当代 徐乐乐 《渔家乐图》

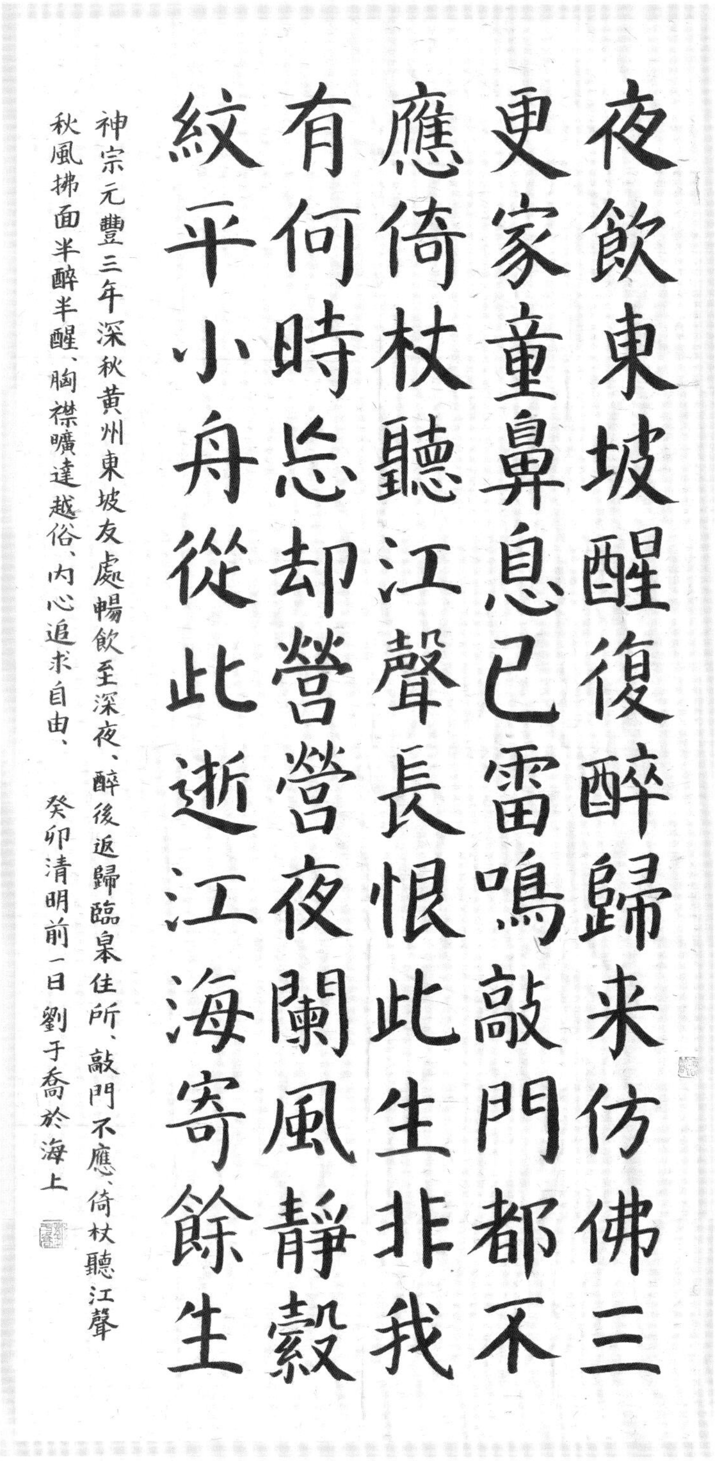
夜飲東坡醒復醉歸来彷彿三
更家童鼻息已雷鳴敲門都不
應倚杖聽江聲長恨此生非我
有何時忘却營營夜闌風靜縠
紋平小舟從此逝江海寄餘生
神宗元豐三年深秋黄州東坡友處暢飲至深夜、醉後返歸臨皋住所、敲門不應、倚杖聽江聲
秋風拂面半醉半醒、胸襟曠達越俗、内心追求自由、
癸卯清明前一日劉于喬於海上

优秀奖
学生姓名：刘于乔
指导老师：杨晴
就读学校：上海市浦东新区竹园小学

科普知识点

小舟从此逝，江海寄余生

古代的文人常常借用自然景物来表达自己的情感、理想和人生观。在诗词中，舟船不仅仅是一种交通工具，更是文人心灵寄托的象征，往往代表着人生的旅途和远行的意义。舟船在江海间行驶，与尘世相隔，象征着归隐之志。

念奴娇·赤壁怀古

【北宋】苏轼

大江东去，浪淘尽，千古风流人物。
故垒西边，人道是，三国周郎赤壁。
乱石穿空，惊涛拍岸，卷起千堆雪。
江山如画，一时多少豪杰。
遥想公瑾当年，小乔初嫁了，雄姿英发。
羽扇纶巾，谈笑间，樯橹灰飞烟灭。
故国神游，多情应笑我，早生华发。
人生如梦，一尊还酹江月。

朗读视频

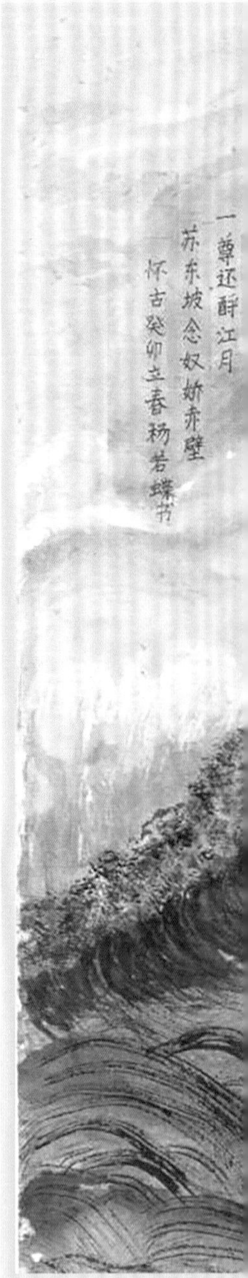

大江翻滚着向东流去，千百年以来，江水中的浪花不知道淘尽了多少风流人物。过去遗留下的营垒西边，人们都说，那里便是三国时期周瑜大破曹军的古战场赤壁。

放眼望去，四面都是陡峭的悬崖，惊涛骇浪正猛烈地拍打着堤岸，那些卷起的浪花就跟高高堆起的千重积雪一样，煞是壮观。江山总是仿若图画般曼妙秀美，古往今来，更别提曾涌现出过多少英雄豪杰。

遥想当年，小乔刚刚嫁给周瑜的时候，他英姿勃发、神采奕奕，要多神气有多神气。手里举着羽扇，头上裹着纶巾，从容说笑之间，曹军舟船便已灰飞烟灭。

而今的我，神游于昔日的古战场，心生太多的唏嘘，可笑我年纪老大，早早地就长出了白发，竟然还像年轻人一样，如此的多愁善感。说到底，人生就像一场梦，罢了罢了，还不如举起手中的酒杯，祭奠下这万古的明月吧！

赤壁怀古
大江东去
浪淘尽千
古风流人物
故垒西边人
道是三国周郎赤
壁乱石穿空惊涛
拍岸卷起千堆雪
江山如画一时多少
豪杰遥想公瑾当
年小乔出嫁了雄
姿英发羽扇纶巾
谈笑间樯橹灰飞

科普知识点

谈笑间，樯橹灰飞烟灭

赤壁之战是指东汉末年孙权、刘备联军于建安十三年（公元 208 年）在长江赤壁（今湖北省赤壁市西北）一带大破曹操大军的战役。这是中国历史上著名的以少胜多、以弱胜强的战役之一，也是在长江流域进行的大规模江河作战。

优秀奖
学生姓名：杨若蝶
指导老师：徐芷晴
就读学校：上海外国语大学附属外国语学校松江云间小学

【秋夜将晓出篱门迎凉有感二首（其二）】

【南宋】陆游

三万里河东入海，五千仞岳上摩天。
遗民泪尽胡尘里，南望王师又一年。

三万里长的黄河，奔腾不息，终究还是要向东流入大海，五千仞高的华山，耸入云霄，仿佛已经抵达了天顶。

中原的遗民在金国侵略者的压迫下，眼泪已经和在尘埃里一一流尽。而今的他们，把所有的希冀都寄托在大宋朝廷身上，一次又一次地抬头望向皇帝驻跸的南方，只祈盼着王师尽快北伐，驱逐鞑靼，日复一日，年复一年。

朗读视频

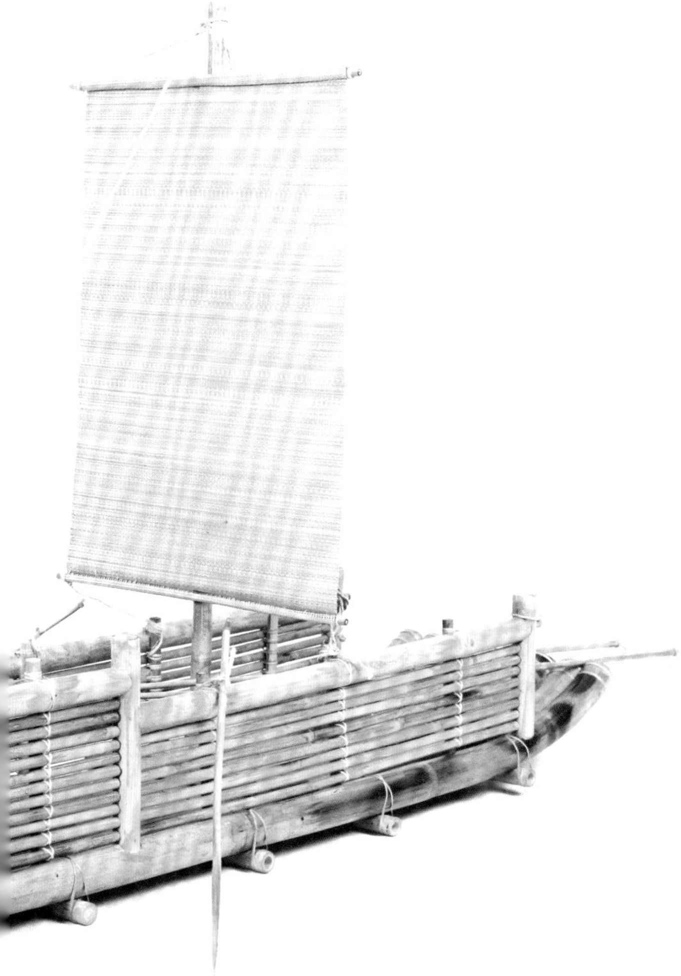

夏代席帆舟筏

科普知识点

三万里河东入海，五千仞岳上摩天

黄河，全长 5464 公里，是中国第二长河，数千年来发祥并孕育了在世界文明史上占据重要地位的华夏文明。长期以来，黄河一直是文人墨客讴歌赞美的对象。黄河作为意象广泛出现于历代文学作品中，并成为中华民族的重要象征。

过零丁洋

【南宋】文天祥

辛苦遭逢起一经，干戈寥落四周星。
山河破碎风飘絮，身世浮沉雨打萍。
惶恐滩头说惶恐，零丁洋里叹零丁。
人生自古谁无死？留取丹心照汗青。

从参加科举入仕当官后，我已历尽了千辛万苦，别的不说，只这零零星星的抗元战争，便已整整经历了四个春秋。国破家亡，昔日的江山已然支离破碎，就像那狂风中独自飘零的柳絮，无语亦潸然，而我自己的身世也是坎坷多舛，仿佛被暴雨击打的浮萍，时起时沉。

当年惶恐滩头的惨败，让我至今都依然感到惊惶恐惧，而今在零丁洋里身陷元虏的围攻，想必此后的遭遇也必是孤苦无依。人生在世，自古以来，谁人能够免得了一死？罢罢罢，倘若能为国尽忠，就让我留下一颗赤子之心，让它永远地光照史册吧！

朗读视频

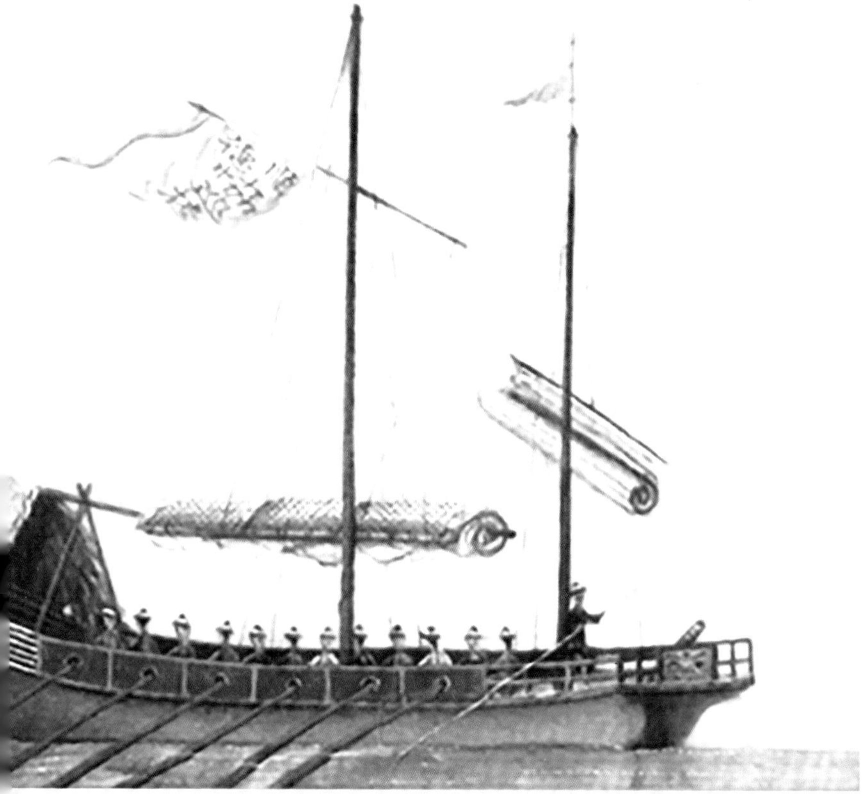

19 世纪 佚名 《顺德协巡检船通草画》

科普知识点

惶恐滩头说惶恐，零丁洋里叹零丁

1277 年，南宋右丞相文天祥率宋军与元军进行了多次殊死搏斗，在元军追赶下，沿惶恐滩头撤退到福建。惶恐滩是赣江中的一处水流湍急的险滩。1278 年，退守于广东海丰一带的文天祥与元军激战，兵败被俘，自杀未遂，被羁押于元军船上。元军统帅希望文天祥能给南宋枢密副使张世杰写一封劝降信，而文天祥写下了这首《过零丁洋》。零丁洋即伶仃洋，是广东珠江入海口与南海相接的一片喇叭形海域,在军事上十分重要，是中国南大门的一道重要防线。

横波亭为青口帅赋

【金】元好问

孤亭突兀插飞流，气压元龙百尺楼。
万里风涛接瀛海，千年豪杰壮山丘。
疏星淡月鱼龙夜，老木清霜鸿雁秋。
倚剑长歌一杯酒，浮云西北是神州。

形单影只的亭台，兀自耸立在河边，仿佛一把匕首插在飞泻的水流之中，磅礴的气势直冲霄汉，压倒了三国陈登的百尺高楼。横波亭承接着万里风涛，与浩瀚的大海相连，自是气象万千，镇守青口的大帅，更是千年难遇的英雄豪杰，壮志比他身后的山峦还要宏伟。

抬头望望，星光疏朗，月色昏淡，好一个鱼龙潜藏的夜晚。远处，老树在风中轻轻地摇摆，清霜遍地，冷不防，便又到了鸿雁南飞的清秋时节。

我手拄着宝剑，引吭长歌，又望向天边，举起了一杯清酒，那浮云遮蔽的西北方向，正是我们沦陷的故国神州啊！

朗读视频

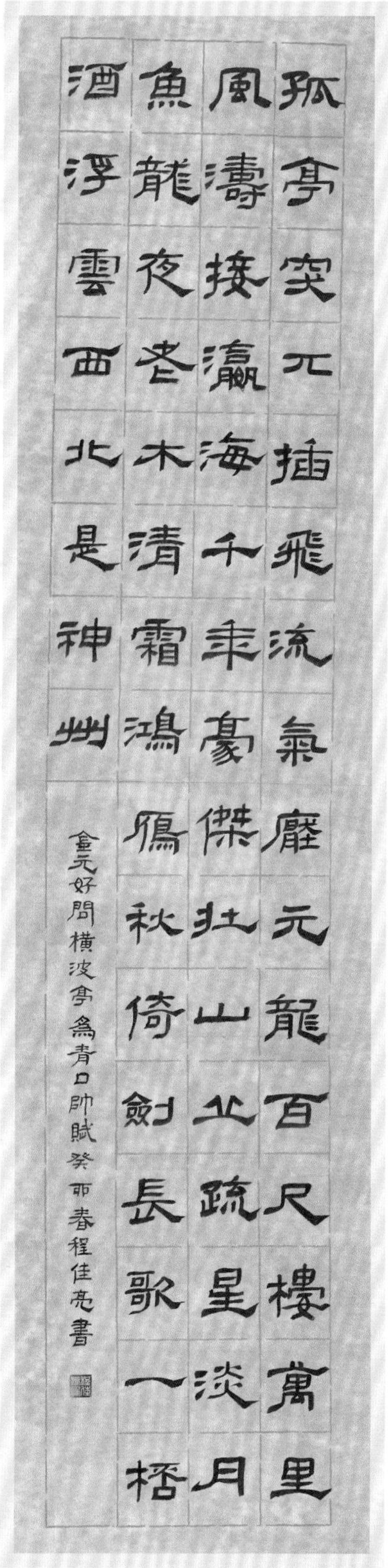

三等奖
学生姓名：程佳亮
指导老师：庄蕊嘉
就读学校：上海市宝山区共富实验学校

科普知识点

孤亭突兀插飞流，气压元龙百尺楼

横波亭位于江苏省连云港市赣榆区，始建于南北朝时期，在青口河入海口的南岸。亭台坐落在海边，有 20 多米高，六角亭盖、飞檐翘角、气势恢宏，傲然屹立于惊涛骇浪之中。

【泛海】

【明】王阳明

险夷原不滞胸中，
何异浮云过太空？
夜静海涛三万里，
月明飞锡下天风。

世间所有的艰难险阻，都不应该任其横亘停滞于胸中，而应像天上飘浮而过的云朵一样来去自如。

夜深人静之际，我总是在反复思考国家的命运，乃至我个人的人生经历，仔细想想，那些大起大落，亦不过就是海中的波涛一般。我将乘着天地的正气，用光明的心地，去接受人生中所有的挑战与机遇。

朗读视频

三等奖
学生姓名：薛怿菲
指导老师：孙建军
就读学校：上海市毓秀学校

科普知识点

夜静海涛三万里，月明飞锡下天风

明代思想家王阳明，35 岁时被贬为贵州龙场驿丞，却未去贵州而在钱塘江搭商船欲往舟山，不料途中遇飓风，船被吹至福建。登岸后，王阳明心有所悟题下此诗。此后，王阳明接受安排，前往贵州龙场，由此发生了中国哲学史上著名的“龙场悟道”，创立了王氏的心学体系。

临江仙·滚滚长江东逝水

【明】杨慎

滚滚长江东逝水，浪花淘尽英雄。是非成败转头空。
青山依旧在，几度夕阳红。
白发渔樵江渚上，惯看秋月春风。一壶浊酒喜相逢。
古今多少事，都付笑谈中。

滚滚长江，日复一日地向东流去，古往今来，又有多少英雄人物，都宛若浪花般转瞬即逝，一去不返。是非成败，到头来，都不过是一场空罢了，唯有青山依旧还在，夕阳依然红艳。

白发苍苍的渔翁和樵夫，长年居住在江边，他们早已看惯了春风与秋月，也早就明白了世事无常的道理。和老友见面，只痛痛快快地畅饮一壶美酒，便喜上心头。多少古往今来的旧事，也都只是茶余饭后一笑而过的谈资罢了。

朗读视频

现代 傅抱石 《芙蓉国里尽朝晖》

科普知识点

滚滚长江东逝水，浪花淘尽英雄

我国第一长河、世界第三长河——长江，全长 6 300 多千米，发源于青藏高原的唐古拉山脉，最终汇入西太平洋。长江从雪山上走来，一路上接纳了很多条大河，而汉江则是长江最大的支流，全长 1 577 千米，从巴蜀大地，穿越三峡奔涌而出长江，横贯大半个中国。

韬钤深处

【明】戚继光

小筑暂高枕，忧时旧有盟。
呼樽来揖客，挥麈坐谈兵。
云护牙签满，星含宝剑横。
封侯非我意，但愿海波平。

当代　《戚继光画像》

居住在私第小楼的生活，暂时看来仍是高枕无忧的，但千万不要忘了还有虎狼在侧环伺啊！把酒倒满酒杯，用来招呼客人，一坐下来，就忍不住要挥舞着麈尾与来者谈论兵家之事。

看兵书一直看到夜幕降临，书上已经密密麻麻地写满了各种感想和体会。星星高高地挂在天边，宝剑依然横放在身旁，我还是不敢有丝毫的懈怠，随时都准备赶赴沙场，杀敌建功。升官封侯都非我生平之志，只愿带兵扫清来犯的倭寇，让风浪能永远平息。

朗读视频

当代 《戚继光抗倭》

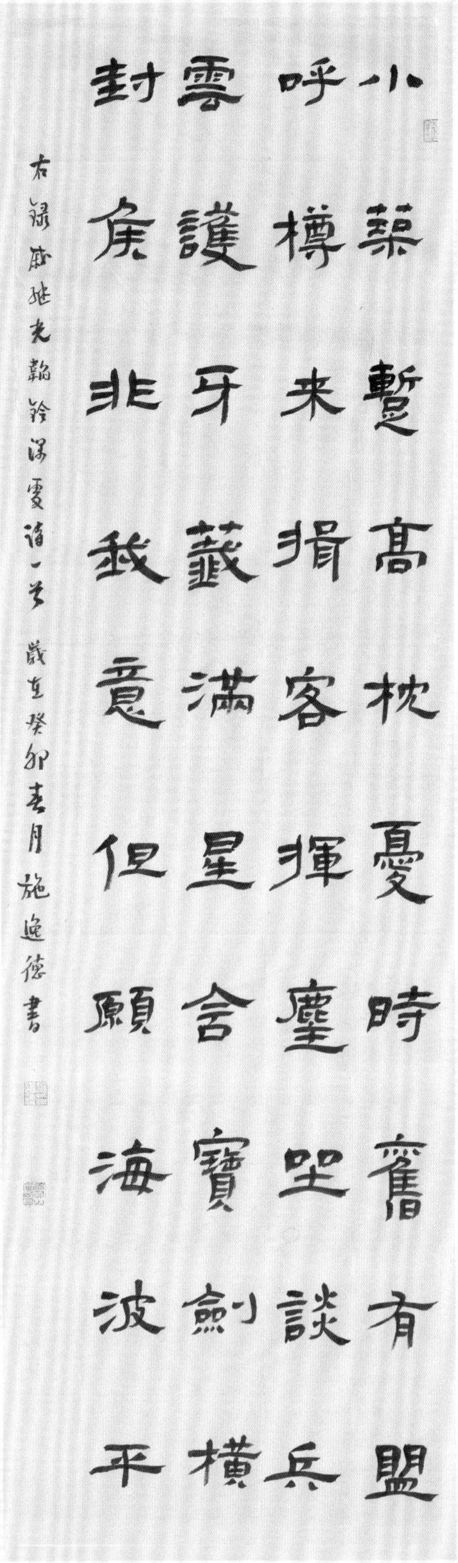
小築暫高枕憂時舊有盟
呼樽来揖客揮麈坐談兵
雲護牙籤滿星含寶劍横
封侯非我意但願海波平
右録戚继光韬钤深处诗一首 岁在癸卯春月 施逸德書

二等奖
学生姓名：施逸德
指导老师：邵霄雯
就读学校：上海市西南位育中学

科普知识点

封侯非我意，但愿海波平

戚继光是明朝抗倭名将，民族英雄，长期在福建江浙一带抗倭。他选拔一批农民、矿工进行训练，组成一支训练有素，纪律严格的队伍，被称为“戚家军”。他改造发明了各种火药武器，建造大小战船、战车，使明军水路装备优于敌人。他联合另一位名将俞大猷抗击倭寇10余年，扫平为祸多年的倭患。

【海上】

【明末清初】顾炎武

南营乍浦北南沙，终古提封属汉家。
万里风烟通日本，一军旗鼓向天涯。
楼船已奉征蛮敕，博望空乘泛海槎。
愁绝王师看不到，寒涛东起日西斜。

在南边营建的乍浦，和北边营建的南沙两处军事要塞，自古以来，都是属于中华的疆域。万里海涛，直通东方的扶桑，福王麾下那些打着向日本国乞师旗号的军队已然远遁海外。

可喜的是，唐王的战舰已经奉命抗击清兵，一支强大的有生力量正漂泊在海上。然而，让人愁断肝肠的却是，盼来盼去，唐王的军队还是没有按时顺利抵达前线，我亦只能傻傻地望向西山的落日，任寒潮裹着不尽的惆怅，在风中不住地叹息。

朗读视频

汉代楼船

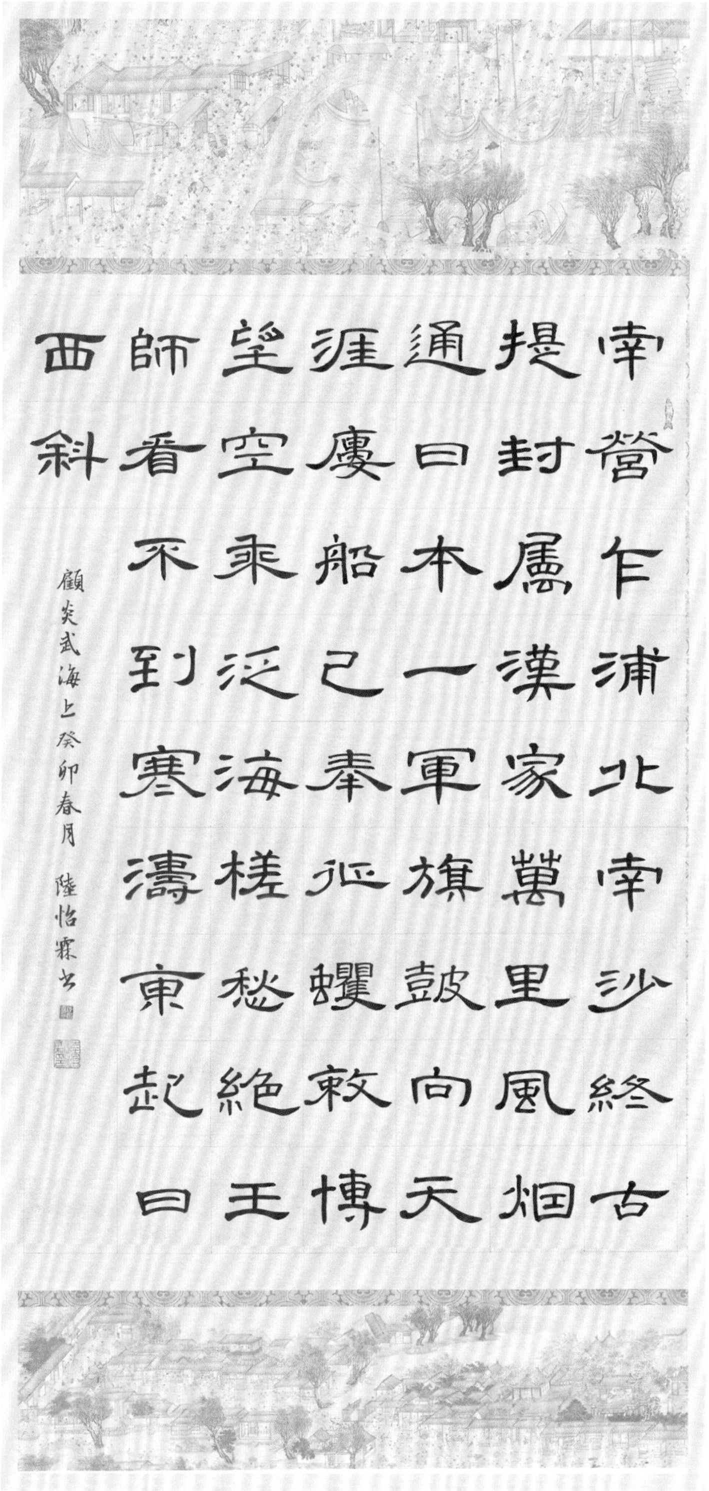

优秀奖
学生姓名：陆怡霖
指导老师：王一朴
就读学校：上海市长宁区安顺路小学

科普知识点

楼船已奉征蛮敕，博望空乘泛海槎

楼船之名始出现于春秋楼船军。吴国即以大型楼船“艅艎”作为指挥舰。到了西汉时期，楼船开始成为主力战舰。三国至南北朝时期，楼船仍被普遍运用在水战中。五代十国时期，南方诸国设有楼船指挥使一职。至宋代，楼船仍为军事装备，但重要性已大不如前。元朝的水师作战对象在海外，基本舍弃了无法出海的楼船。明朝水师继承蒙元传统，逐渐不再把楼船作为战船。

【太平洋遇雨】

【清】梁启超

一雨纵横亘二洲，
浪淘天地入东流。
劫余人物淘难尽，
又挟风雷作远游。

我乘着舟船漂泊在太平洋上，但见雨雾迷濛，横亘在亚洲与美洲之间，那波浪滚滚的海涛，仿佛在涤荡着整个天地，而后又朝着东方奔流而去。

经历过戊戌变法而劫后余生的人物，是不会轻易被历史的浪潮淘洗尽的。瞧，今天的我，又带着一颗充满壮志的雄心，再次踏上了远游救国的道路！

朗读视频

清代水师战船

科普知识点

一雨纵横亘二洲，浪淘天地入东流

太平洋是世界上最大、最深、边缘海和岛屿最多的海洋，由大洋洲、亚洲、北美洲和南美洲等陆地所环绕，平均深度为 4 000 米，面积约为 17 万平方千米，占地球表面积的约 1/3，海洋总面积的 1/2。

第五单元 航向之技

云帆高张，昼夜星驰。造船、导航、航行等技术，在古代先民探索海洋的征途中起到关键作用，提供了坚实的交通载体和航行保障。在诗人们笔下，“见风使舵”的舟楫致远、“牵星过洋”的御海而行、“浮针辨维”的古代导航等，从不同阶段、不同角度、不同感受，以科技为依托，凝固在波澜壮阔的碧波之上。

哨船（戚继光战船）（长：163 厘米　宽：35.5 厘米　高：99 厘米　）

明代有巡逻船、哨船、运输船等，主要用于江河与近海的巡哨与作战。戚继光水军战舰中的主要船型是中国古代的三大主力船型，即福船、广船和沙船。哨船属于福船船型，主要用于侦探与巡哨，有时也用作先锋船。明代茅元仪所著《武备志》这样记载：“按福建船有六号：一号、二号俱名福船；三号哨船；四号东船；五号鸟船；六号快船。势力雄大，便于冲犁。哨船、冬船便于攻战追击，鸟船、快船，能狎风涛，便于哨探或捞首级。大小兼用俱不可废。”明军在海战中对倭寇采取“大船薄之，快船逐之”的战术思想，在海战中大小型战船相互配合，主动出击“御敌于海”，力争将倭寇消灭在海上。

邶风·谷风（节选）

【西周】佚名

就其深矣，方之舟之。
就其浅矣，泳之游之。

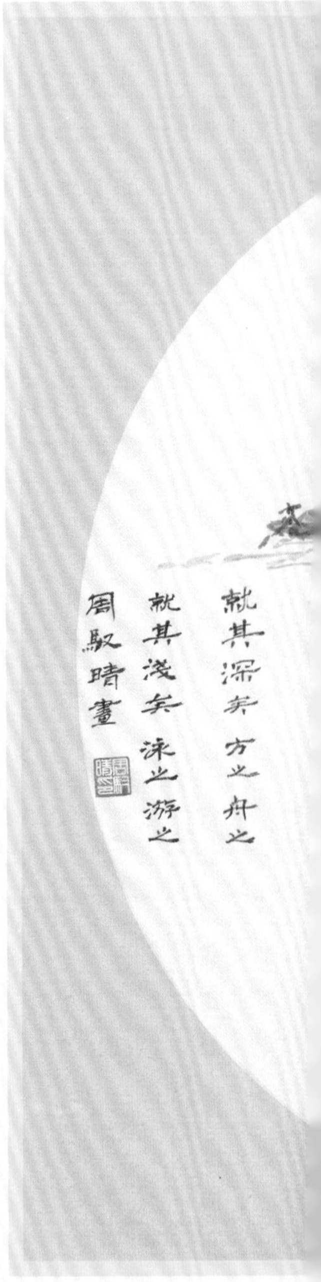

河水如果深的话，那就乘着木筏或小舟渡过去好了。河水如果浅的话，那便游到对岸去好了。

朗读视频

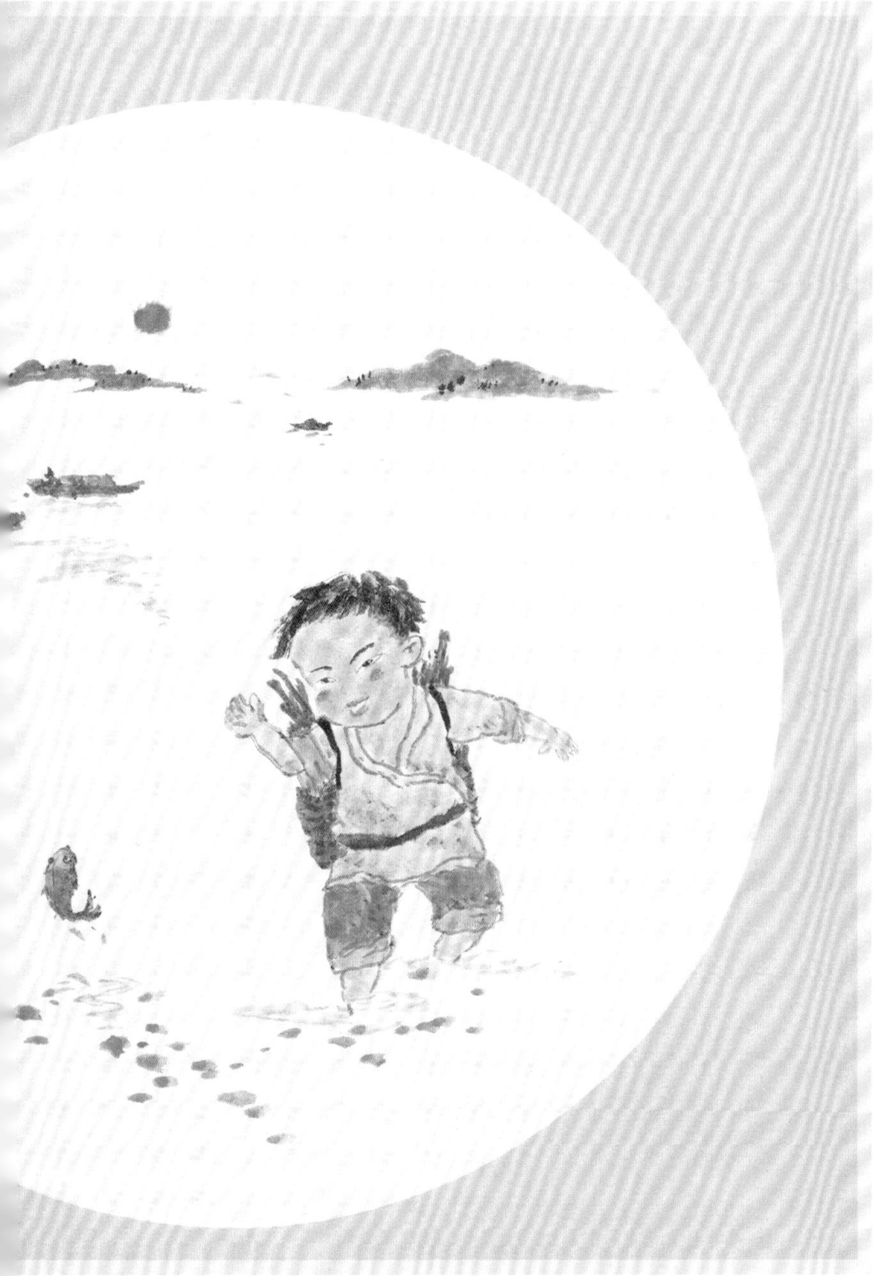

科普知识点

就其深矣，方之舟之

早在春秋时期，劳动人民即通过诗歌的形式记录着生活中的点滴，比如渡河的“水深舟渡，水浅泳渡”的朴素办法。“方之”中的“方”即筏，就是将具有浮力的原木、竹子、苇草等捆扎起来并成一排的一种简易渡水工具。舟即独木舟或小船。

二等奖
学生姓名：周驭晴
指导老师：谭建英
就读学校：上海市浦东新区锦绣小学

涉江（节选）

【战国】屈原

乘舲船余上沅兮，齐吴榜以击汰。

船容与而不进兮，淹回水而疑滞。

我乘着有窗户的小船逆水西上沅江，船夫们一起奋力划起船桨，不住地击打着涛涛的流水。

船儿总是随波起伏，徘徊不前，一眨眼的工夫，便已陷入回旋的水流处停滞了。

朗读视频

19 世纪 佚名 《桨艇通草画》

科普知识点

船容与而不进兮，淹回水而疑滞

舲船是一种带有窗户的小船，也有人说是担负传令使命的小船，主要依靠人力划桨来驱动，需多人齐心协力。屈原所乘坐的舲船在经过一段逆水行船的沅江（长江流域洞庭湖支流）时，即遭遇了回旋的水流，虽然船夫们已经拼命划桨，但小船仍无法脱身，于是屈原发出了“船容与而不进兮，淹回水而疑滞”的感叹。

晚次鄂州

【唐】卢纶

云开远见汉阳城，犹是孤帆一日程。
估客昼眠知浪静，舟人夜语觉潮生。
三湘愁鬓逢秋色，万里归心对月明。
旧业已随征战尽，更堪江上鼓鼙声。

朗读视频

眼前的云雾渐次散开，远远地便望见了前方的汉阳城，但其实还要航行一日才能最终抵达。

船上同行贩货的商贾，已在风平浪静的白天睡足了觉，等到晚上醒来与船夫谈话之际，才又听到阵阵呼啸的潮声。

秋意正浓，我的鬓发也因为长期滞留在三湘之地，渐渐变得斑白了。家乡尚在万里之外，无论怎么思归，也无法插翅飞回故土，唯一能做的，便是孤单地对着头顶上这一轮温婉的明月，默默倾诉满腔的相思之苦。

只叹家乡的旧业都已随着连年的征战被一一毁坏殆尽。耳边似乎还能听到来自江边擂响的战鼓声，怎不让人唏嘘难眠。

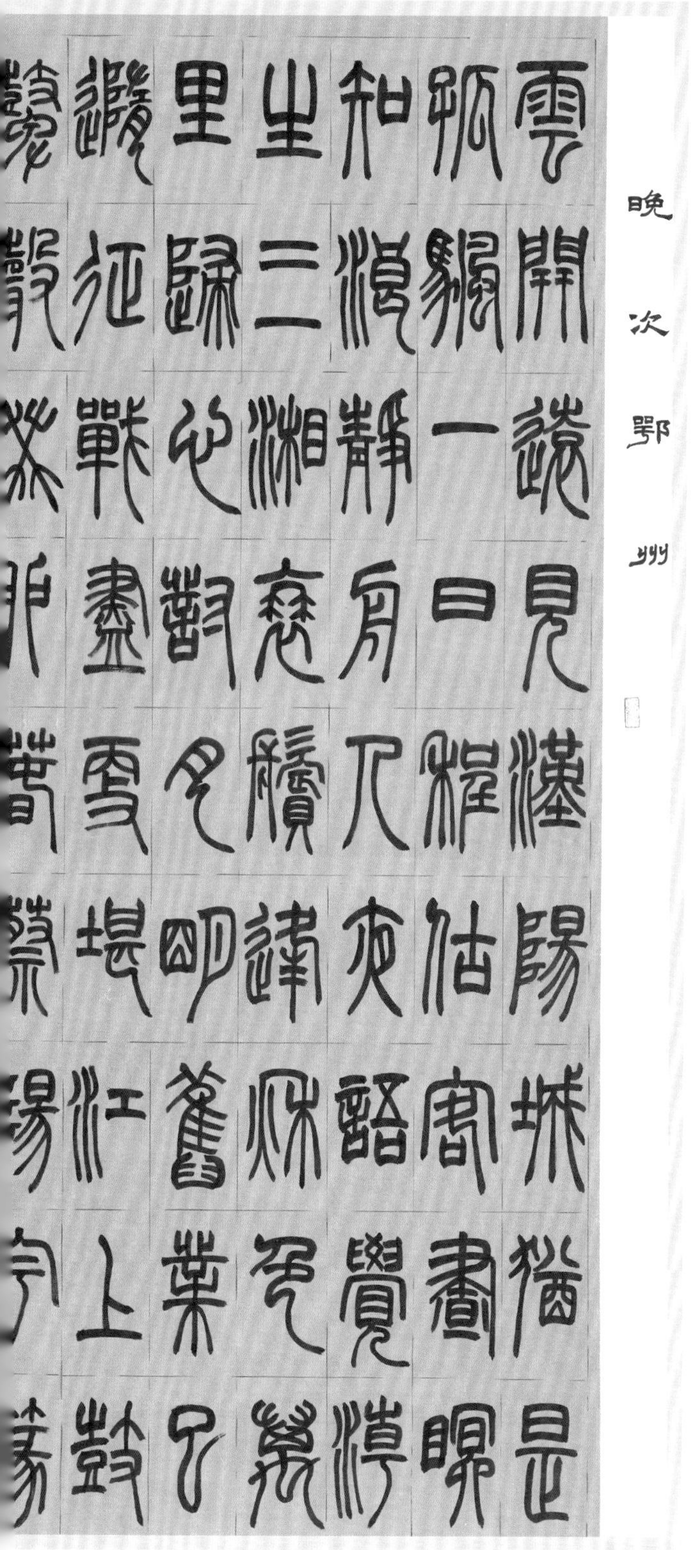

一等奖
学生姓名：蔡阳宇
指导老师：沈婧能
就读学校：上海市行知中学

科普知识点

估客昼眠知浪静，舟人夜语觉潮生

这是诗人卢纶根据乘船南行躲避战乱途中的所见所感而创作的。浪的形成一般是由于风力吹动和水面附近气压的变化等影响，原本平静的水面离开了平衡的位置，发生了向上、向下、向前和向后的运动。这时船也随着水面的运动而颠簸，人会感觉不舒服。而水面处于“浪静”状态下，人将获得更好的休息。

入海（其一 节选）

【唐】张说

乘桴入南海，海旷不可临。
茫茫失方面，混混如凝阴。
云山相出没，天地互浮沉。
万里无涯际，云何测广深。
潮波自盈缩，安得会虚心。

我乘着木筏，在南海之中破浪前进，放眼望去，大海是那样的空阔，又是那样的旷远。瀚海茫茫，我一下子就失去了方向，只能眼睁睁地看着滚滚的波涛不住地吞噬着海平面，那海天相接之处，更宛若一幅凝固的画，令人叹为观止。

遥望天际，远处的云山时隐时现，就连那亘古不变的天地，也仿佛载浮载沉，怎教人不心旷神怡？无边无际的大海，总是一眼望不到尽头，更不知道有几万里远，又哪里能测量出它有多广多深呢？潮起潮落，也总有一定的规律，莫非它们也像人一样，懂得虚怀若谷，懂得“满招损、谦受益”的道理吗？

朗读视频

科普知识点

茫茫失方面，混混如凝阴

诗人张说在茫茫大海中失去了方向。以当时的技术，在海中又应该如何辨别方向呢？唐朝的“航路指南”就是以文字、绘画等方式，将两地航行中相关的航期、航线、地文、水文等多方面的情况进行详细的记录，以便于特定人群之间的教授和学习。

三等奖
学生姓名：刘艺博
指导老师：金云华
就读学校：上海师范大学附属宝山罗店中学

过海联句

【唐】贾岛

沙鸟浮还没，
山云断复连。
棹穿波底月，
船压水中天。

飞翔的沙鸟，一会儿浮现在水面上，一会儿隐没在云间。两岸的山峦，一会儿因为氤氲的雾气而断开，一会儿又因为云雾散尽连在了一起。

船桨轻轻一划，那轮倒映在水中的月亮便被穿破了。航行在海上的船舶，亦仿佛在水中的天空上行走。

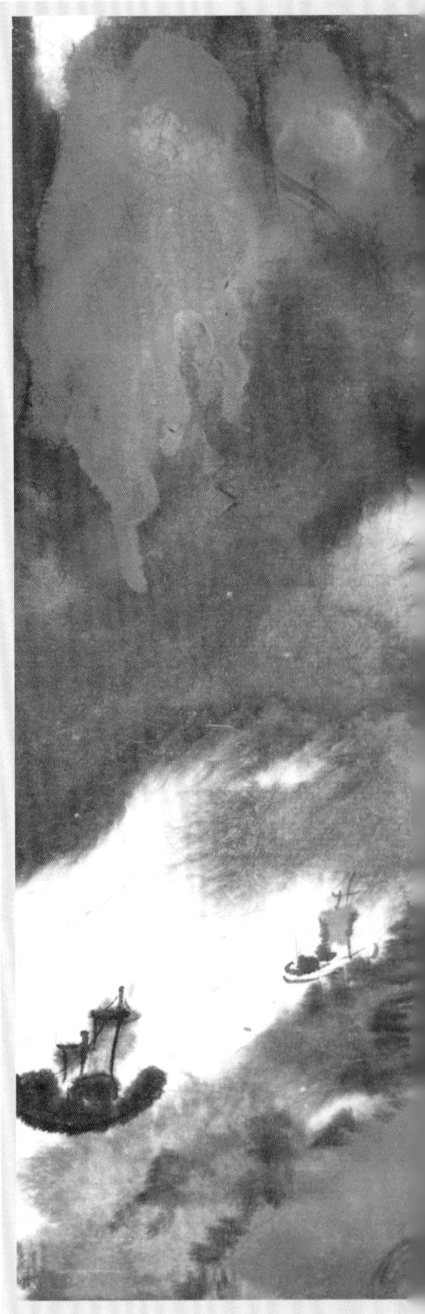

朗读视频

科普知识点

棹穿波底月，船压水中天

因空船的整体重心会在水面以上，这就容易发生翻船事故。于是古人将石头装到空船上，放置在船舱的最底部，故这块石头被称为“压舱石”。这项安全技术经历了从最初的压舱石，到后来的压舱铁，直至现代船舶广泛使用的“压载水技术”，即根据船舶需求进行装和卸水的操作。

优秀奖
学生姓名：徐逸橙
指导老师：张力琴
就读学校：上海市嘉定区练川实验学校

南海神祠

【唐】高骈

沧溟八千里，
今古畏波涛。
此日征南将，
安然渡万艘。

八千里茫茫的沧海，自是广阔无垠，古往今来，人们都不由自主地畏惧着海中的惊涛骇浪。

今日即将远下征讨南疆的将军威风凛凛，只盼着舰队能够安然无恙地渡过这一片汪洋大海。

朗读视频

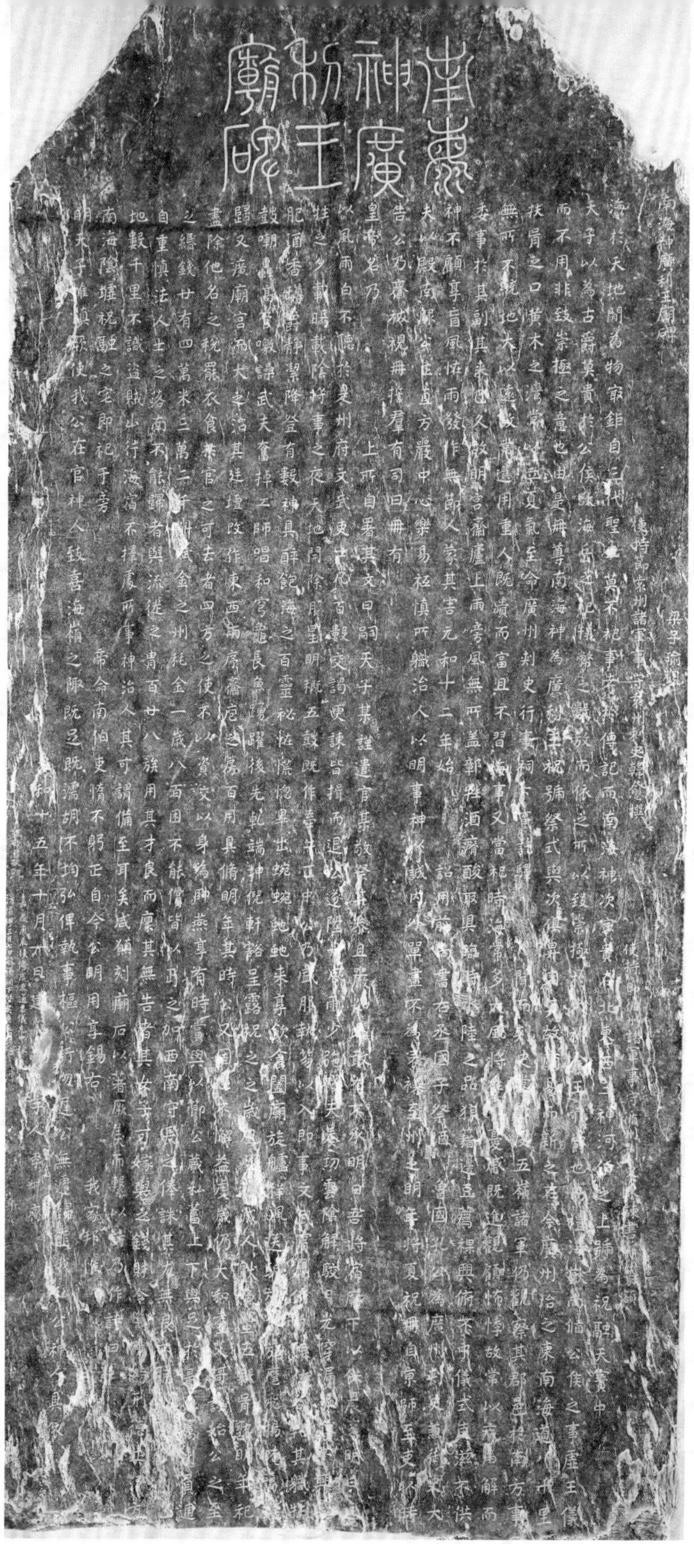

南海神庙广利王碑拓片

科普知识点

沧溟八千里，今古畏波涛

唐朝时，享誉海内外的海神妈祖信仰还没诞生，但早在隋朝，隋文帝在南海地区就下诏建造了南海神庙，供奉火神祝融为南海的海神。到了高骈所在的晚唐时期，南海的海神信仰已经极为昌盛，高骈在祈神后，率领舰队安然无恙地渡过了这凶险万分的南海，并屡战屡胜，只用了两年时间就收复了安南全境。

浣溪沙

【唐】敦煌曲子词

五里竿头风欲平，长风举棹觉船轻。
柔橹不施停却棹，是船行。
满眼风波多陕灼，看山恰似走来迎。
仔细看山山不动，是船行。

朗读视频

船行五里后，可以从测量风况的竿头看出，风速正在减慢，风势也相对缓和下来。顺水行舟，划桨时就感觉轻松多了，慢慢地，干脆就不摇橹也不划桨，便任由船儿随波逐流。

凝眸处，满眼都是粼粼闪动的波光水影，前方的山峰，都仿佛自己主动走到了我面前一样，欢呼雀跃着要来把我迎接。再仔细一看，其实山峦压根就没有移动过，而是我乘坐的船儿，一直都在朝着山峰的方向前进。

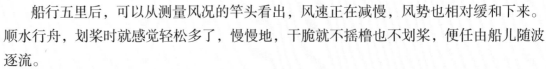

敦煌壁画 《唐代行船图》

科普知识点

五里竿头风欲平，长风举棹觉船轻

五里竿头是一件古代行船的重要测风工具。取五两重的鸡羽，将其固定在一根五尺长的杆子顶端，将杆子树在船的高处就能用来测量风力和风向了。随着对测风重要性的了解，它的用途也渐渐延伸到了军队的行军打仗方面。

六月二十日夜渡海

【北宋】苏轼

参横斗转欲三更，苦雨终风也解晴。
云散月明谁点缀？天容海色本澄清。
空余鲁叟乘桴意，粗识轩辕奏乐声。
九死南荒吾不恨，兹游奇绝冠平生。

参星横斜，北斗星转向，眼瞅着就快到三更时分了，那经久不息的风雨，也终于该彻底消歇，任由天幕放晴了吧？云雾散去，月光明净，却是谁点缀了这绮丽的夜空？看哪，大千世界，包罗万象，这海天一色的美景，原本就是澄澈清朗的啊！

空怀着孔子乘着木筏浮游于海上的伟大志向，我依然一无建树，只能将滚滚不尽的浪涛声，当作黄帝在洞庭湖畔奏响的《咸池》美乐。被贬至南部荒蛮之地，尽管九死一生，但我依旧不曾有过任何的悔恨，因为这次远游是我平生最为神奇的经历。

朗读视频

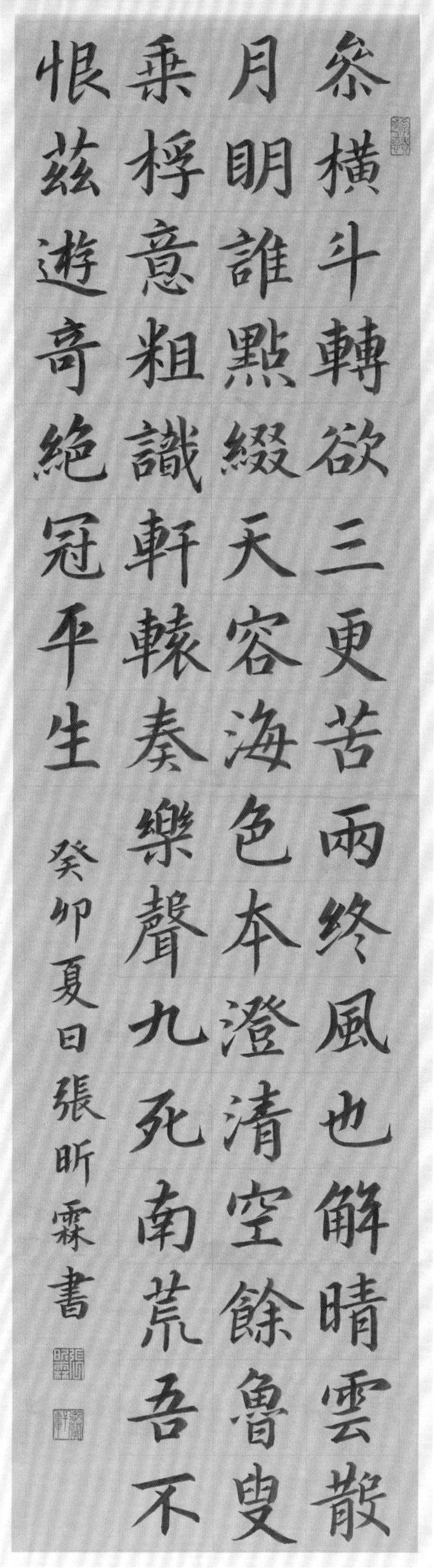

优秀奖
学生姓名：张昕霖
指导老师：杨文忠
就读学校：上海市青浦区御澜湾学校

科普知识点

参横斗转欲三更，苦雨终风也解晴

天文导航，就是对船舶进行定位和方向的导航。“参横斗转”，就是指随着时间来到三更（半夜 11 点至次日凌晨 1 点），参宿七星看上去横过来了，北斗七星也转向了，这都是很明显的在海上肉眼直观观测星象变化的情况。

【观书有感二首（其二）】

【南宋】朱熹

昨夜江边春水生，艨艟巨舰一毛轻。
向来枉费推移力，此日中流自在行。

朗读视频

昨天夜里，江边的春水大涨，那艘巨大的战舰，看上去就像一根羽毛一样轻盈。

往昔里，花费了许多力气都不能推动它一二，今天在水流中，它却能够自在地行驶。

科普知识点

昨夜江边春水生，艨艟巨舰一毛轻

艨艟，也叫蒙冲、艨冲，是我国古代的一种战舰，从“冲”字可以看出其特性就是要勇敢而快速地冲向敌军，因而这种船具有较强的自我防护能力、强大的进攻性能，以及相比普通战舰更快的航速。宋后，随着射程更远、威力更大的各类床弩、火炮的兴起，艨艟也就渐渐退出了历史舞台。

三等奖
学生姓名：朱穆朗玛
指导老师：崔宇
就读学校：上海市虹口区第一中心小学

过沙头三首（其二）

【南宋】杨万里

过了沙头渐有村，地平江阔气清温。
暗潮已到无人会，只有篙师识水痕。

过了沙头，就渐渐地看到了村庄，这里地势低平，江水开阔，气候宜人，是一个绝好的所在。

一股暗潮已悄然来临，却很少有人能够发觉。唯有长年累月在江上撑船的熟手，对水的深浅和流速都知道得一清二楚，才能发现水中的端倪，不至于陷入险境。

朗读视频

现代 刘海粟 《绿树重阴》

科普知识点

暗潮已到无人会，只有篙师识水痕

暗潮，即我们常说的暗流，形成原因很复杂，主要受水下复杂的地形、水密度的不均匀、水面风力，及地球的自转等影响，江河湖海都能找到它的身影。

航海

【南宋】陆游

我不如列子，神游御天风；
尚应似安石，悠然云海中。
卧看十幅蒲，弯弯若张弓。
潮来涌银山，忽复磨青铜。
饥鹘掠船舷，大鱼舞虚空。
流落何足道，豪气荡肺胸。
歌罢海动色，诗成天改容。
行矣跨鹏背，弭节蓬莱宫。

我比不过列子，能乘风在天空中遨游。实在要比的话，应该就和王安石差不多吧，尚能够在云海中悠然自得地前行。仰卧在船头上望向天空，但见十面风帆被海风吹弯，仿若一张张开的弓。海浪袭来之际，像是堆起了一座座高高的银山，又像是经过反复打磨的青铜镜。

饥饿的鹘鸟掠过船舷，海里的大鱼一跃而起，恰似在空中飞舞。即便流落他乡又怎样？我的胸中依然激荡着不尽的豪情壮志！一曲歌罢，海水已然变了颜色，一首诗写成后，天空也为之更改了容颜。就让我跨在大鹏的背上勇往直前，直到抵达蓬莱宫的时候再停下来吧！

朗读视频

当代 《航海》钢笔画

科普知识点

歌罢海动色，诗成天改容

陆游，字务观，号放翁，越州山阴人（今浙江绍兴），南宋爱国诗人。陆游的海洋创作与他在福州的任职有关。34 岁时的陆游初入仕途，任福州宁德市主簿。宁德位于福建东北部沿海。陆游有机会近距离感受海洋，创作了多首涉海诗作。此诗写于他的一次海上之行。

【航海】

【南宋】朱继芳

地角与开倪，茫茫何处期。
星回析木次，日挂扶桑枝。
沉石寻孤屿，浮针辨四维。
飘然一桴意，持此欲安之。

大地无边，天空无际，在这茫茫的大海上航行，什么时候才能够看见陆地呢？星辰转动，再次回到了析木宫；日头西沉，又去到那遥远的扶桑之国。

放下石碇去探访海中的孤岛，拿出指南针仔细辨别方向。海上漂泊的舟船，只有靠这些办法才能够安全抵达目的地。

朗读视频

二等奖
学生姓名：王海辰
指导老师：姚迩
就读学校：上海市虹口区曲阳第四小学

科普知识点

沉石寻孤屿，浮针辨四维

航海用指南针最早采用水浮法装置，先把钢针磁化，然后将磁针穿在灯芯草上，放于盛水的罗经盘中，因此被称为“浮针”。还有一种“针碗”，也是常用的航海水罗盘。此外，航海者还会根据罗盘指示的方向，编制成航海图——针路图和针经、针路簿等，作为正确把握航向的依据。

扬子江

【南宋】文天祥

几日随风北海游，
回从扬子大江头。
臣心一片磁针石，
不指南方不肯休。

前几日还顶着狂风被蒙古人的大兵押着在北海漂流，不承想，而今竟然虎口脱险，又回到了南方的长江口。

我对朝廷的耿耿忠心就好像磁针一样，一日不指向南方，便决不罢休。

朗读视频

19 世纪 佚名《广船通草画》

科普知识点

臣心一片磁针石，不指南方不肯休

指南针，又称罗盘，是我国古代四大发明之一。春秋战国时期，中国人在冶炼金属的实践中，发现了磁石的特性——吸铁和指向性。指南针是利用人工磁化的方法使得铁针磁化，再利用磁针的指向性（指向地理的北极），与罗经盘配套而成的指向仪器。指南针被阿拉伯海船所采用，并经阿拉伯人把这一伟大发明传到欧洲，为“地理大发现”时代的到来创造了条件。

鲸背吟（其十八）

【元】宋无 / 亦说【南宋】朱晞颜

探水行船逐步寻，
忽逢沙浅便惊心。
蓬莱近处更难遍，
扬子江头浪最深。

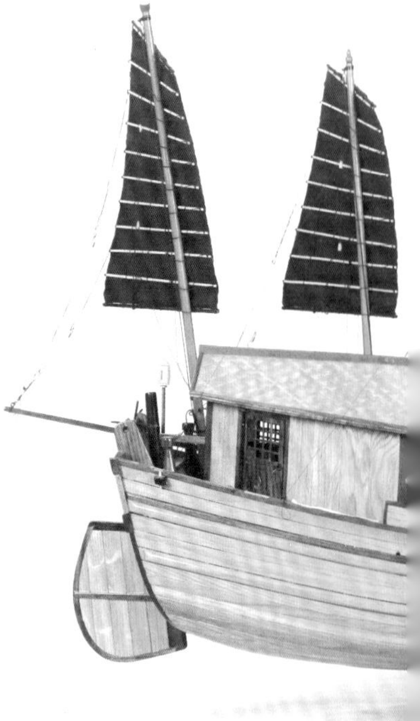

船舶航行之际，要一步步、有条不紊地探查水流的情况，以防遇到不测。若是突然遇到沙多水浅的地方，船舶搁浅了，就会引起人们的担心与恐惧。

蓬莱岛附近的水况，更是让人摸不着头脑；扬子江是长江的入海口，尽管水面宽阔悠远，却最是水深浪大。

朗读视频

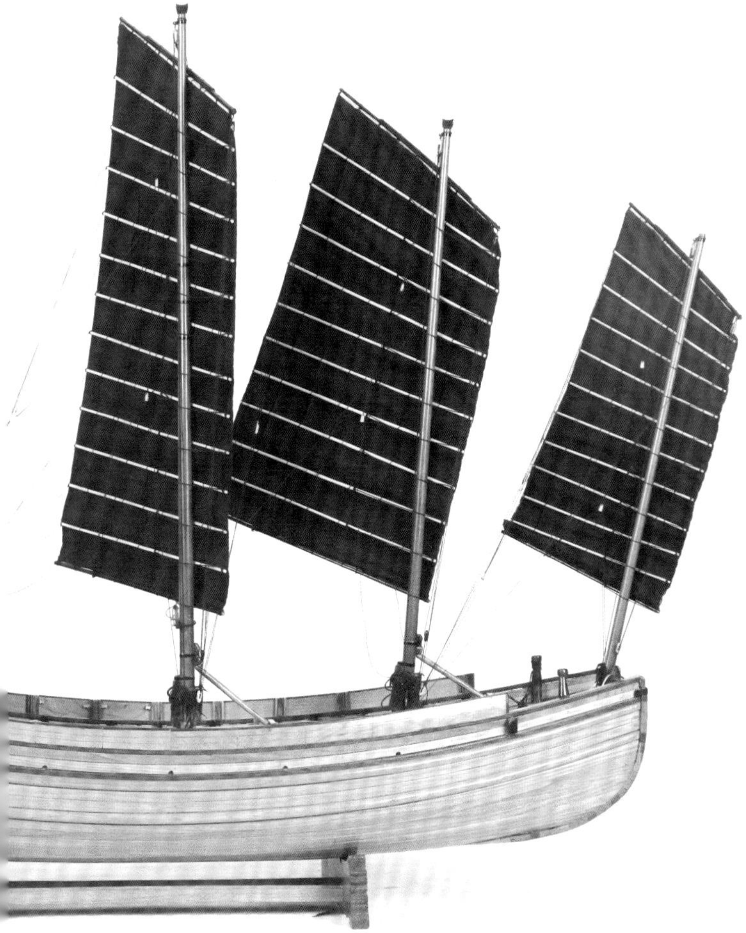

清代运盐沙船

科普知识点

探水行船逐步寻，忽逢沙浅便惊心

海船之所以会选择不同形制的船底，主要与它们航行的区域有关，平底的沙船不畏搁浅，主要经营北洋航线（长江以北），浅滩相对会多；而福船、广船和浙船都是“尖底船”，多经营水深、岛屿多的南洋航线（长江以南）。

渡海

【元】戴良

结屋云林度半生，老来翻向海中行。
惊看水色连天色，厌听风声杂浪声。
舟子夜喧疑岛近，估人晓卜验潮平。
时危归国浑无路，敢惮波涛万里程。

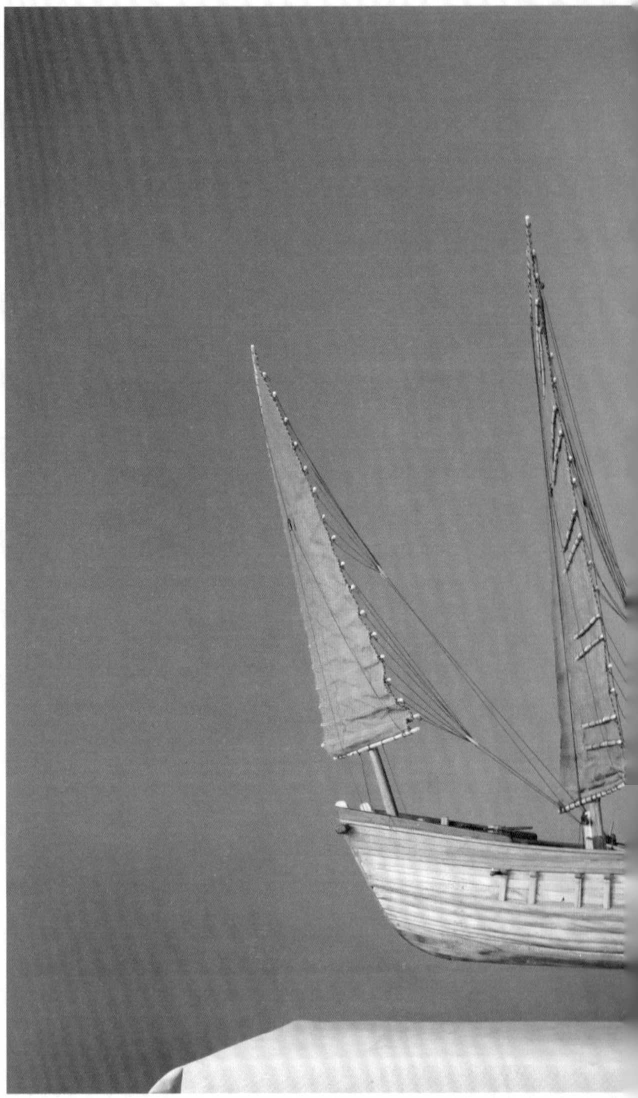

在云雾缭绕的树林中营建屋舍，已然度过了半生的光阴，等到年纪大的时候，却偏生又要去大海中航行。看到海天一色的壮观景象，我自是震惊异常，可时间久了，慢慢地也就厌倦了听那不断袭来的风声，还有那夹杂在风声里的浪声。

夜幕降临，船上的水手开始大声喧闹起来，我猜测，大概是快要抵达不远处的岛屿了吧？商贾们则忙着在一边占卜预测吉凶，看潮水什么时候才能够落下。这是个危险的时刻，回国的路途无法穿越平坦的大陆，但我却从来都不惧怕汹涌的波涛，依然优哉游哉地继续着既定的万里行程。

朗读视频

上海五桅沙船

科普知识点

舟子夜喧疑岛近，估人晓卜验潮平

船舶即将靠岸，船员们就得候潮。由于受到日月的引力，海水会发生周期性的潮涨潮落。诗中提到的“潮平”，就是指潮水涨至最高水位，所以又叫满潮。船舶靠泊一般会等到涨潮时进港卸货，落潮时出港航行，这样做一来是确保吃水深度，防止船舶搁浅；二来是借助涨潮的牵引，使船舶靠泊更加顺利。

沧浪翁泛海

【明】朱元璋

海天漠漠际无穷，巨舰樯高挟两龙。
帆饱已知风力劲，舵宽方觉水情雄。
鳌鱼背上翻飞浪，蛟蜃髻头触见虹。
何日定将归泊处，也应系缆水晶宫。

海天相接之处，茫茫一片，看不到任何边际。巨大的战舰上，桅杆高高竖起，仿若挟持着两条巨龙一般。风帆已经满张着膨鼓起来了，由此便可知悉，海风是多么强劲；回头望望，船舵已经完全没入了水中，才知道这里的水情竟是如此雄奇，如此深不可测。

鳌鱼的背上翻滚起纷飞的浪花，蛟蜃的龙须已然触碰到了空中的彩虹。什么时候才能够平定天下，让战舰回到旧时停泊的地方？到那时，我一定要把船舶的缆绳系到海底的水晶宫上。

朗读视频

当代 《福船航行图》钢笔画

科普知识点

帆饱已知风力劲，舵宽方觉水情雄

人类借助风帆推动船舶前进，但是若无船舵的加持，只能是随风飘荡。两者的相互配合，能够保证远航的船舶始终在正确的航向。我国是最早发明舵的国家，东汉时期舵初步形成，南朝时期船尾舵成为垂直固定船尾的一部分。隋唐以来，舵的式样不断改进，出现了垂直舵、平衡舵、升降舵等先进舵型。

纪行诗（节选）

【明】马欢

皇华使者承天敕，宣布纶音往夷域。
鲸舟吼浪泛沧溟，远涉洪涛渺无极。

奉命出使的使者，接受皇帝的敕封，一路前往海外的蛮夷之国，要向化外之民宣布皇帝的诏令。

仿若鲸鱼般巨大的舟船在巨浪中嘶吼着前行，它将要沿着烟波浩渺的洪涛奔赴辽远的远方。

朗读视频

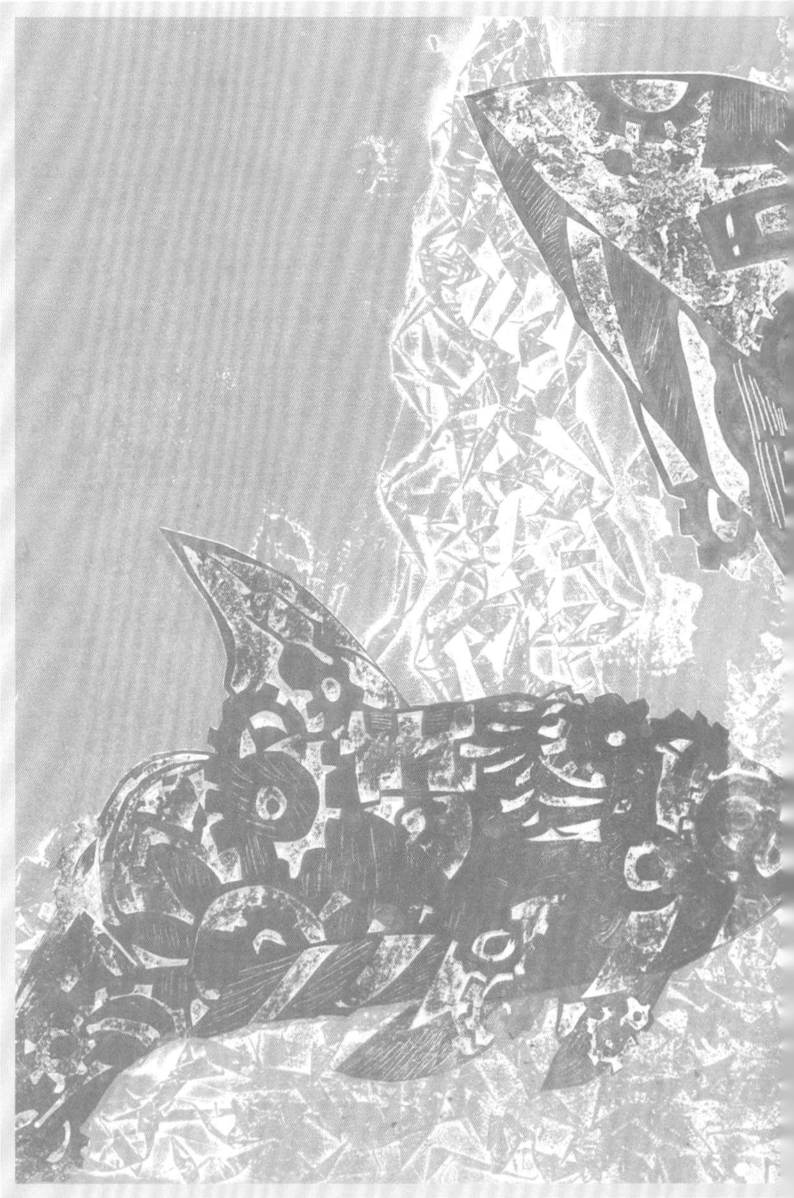

三等奖
学生姓名：王佳泽
指导老师：吴慧艳
就读学校：上海市宝山区泗塘第二中学

科普知识点

鲸舟吼浪泛沧溟，远涉洪涛渺无极

在郑和下西洋的过程中，马欢将国外风土人情和地域特点等编撰成《瀛涯胜览》一书。该书让更多世人了解下西洋这一盛事，同时更好地了解海外的世界。因官方文档遗失，《瀛涯胜览》成为为数不多研究“郑和下西洋”不可或缺的原始参考文献。

郑和下西洋

【明】佚名

滇池碧碧木盆黄，童梦成真浩气扬。
永乐满朝人济济，西洋万里水茫茫。
星牵沧海云帆耸，浪系天涯纽带长。
且看寺中来五谷，繁花灿灿入幽香。

在碧绿的滇池中，把黄色的木盆当作船儿摇荡，是郑和儿时的梦想，而今，这一切已然变作了现实，一身浩然正气的他，早就已经扬帆远航，成为蜚声中外、远近闻名的大人物了。明成祖永乐年间的满朝文武大臣，堪称人才济济；郑和远渡重洋，无论万里艰辛，更不惧海水茫茫。

星星牵引着大海，云中耸立着风帆，浪花系着船舶走遍了天涯，就像纽带一样，时刻都连接着远赴万里之外的航海儿女。且看看南京报恩寺中由郑和从海外带回来栽种下的五谷树吧，它开满了灿烂的鲜花，不住地散发出阵阵幽香。

朗读视频

当代 杨顺泰 《郑和下西洋》

科普知识点

星牵沧海云帆耸，浪系天涯纽带长

我国古代通过用牵星板观测星辰的高度来确定船位的方法叫作“过洋牵星术”。使用时，观测者需要选用适合高度的牵星板，用板心的绳子拉直靠近嘴唇或者眼窝，视线顺着牵星板的上缘看向星辰，使牵星板的上缘对准星体，而下缘要保证与水平线对齐，根据所用的牵星板，就能测算出星体的水平高度，如果所观测的星体是北极星，这个高度就为北极星高度，继而确定船舶所处的维度。

舟师

【明】俞大猷

倚剑东冥势独雄，扶桑今在指挥中。
岛头云雾须臾尽，天外旌旗上下翀。
队火光摇河汉影，歌声气压虬龙宫。
夕阳景里归篷近，背水阵奇战士功。

驻守在东海边，我统领的军队犹如倚天之剑，气势雄伟、独霸一方。来自日本的倭寇已经丧失了往日嚣张的气焰，完全受制于我军，一切尽在我朝掌握之中。云消雾散之际，正是有利于作战的时候，战舰上的旗帜上下翻飞，战斗已经进行到最为白热化的阶段。

一串串地动山摇的炮火直冲霄汉，摇乱了星河倒映在海里的影子，胜利的凯歌悠然奏响，正义之气彻底镇慑住了躲藏在巢穴中的各路倭寇。在夕阳的余晖里，我军的战舰依次凯旋，我为背水列阵、建立奇功的兵将，感到深深的欣慰，并为他们英勇作战的精神，感到无比的荣耀。

朗读视频

明 佚名 《水军图轴》

科普知识点

倚剑东冥势独雄，扶桑今在指挥中

倭寇对中国沿海百姓的祸害始于元朝，明嘉靖年间达到巅峰。抗倭英雄戚继光和俞大猷，两人并肩配合，还各自培养了一支令倭寇闻风丧胆的“戚家军”和“俞家军”，被称为“俞龙戚虎”，扫平了为患多年的倭寇。

【五月朔日夏至奉册登舟】

【清】李鼎元

风信连朝问若何，楼船旗角向东多。
出城已觉心如水，论道谁怜口似河。
节近端阳刚解缆，月临冬至好归螺。
众人莫怨封舟小，中有天书压海波。

朗读视频

连日刮起的信风，为泊船提供了扬帆远航的动力。楼船上插满了旌旗，擂鼓吹角地一路向着东方进发。船舶驶离福州城时，使臣的心如水般平静，明明知道渡海会遭遇危险与不测，却早已将自己的生死置之度外。

时近端午，朝廷才刚刚解缆开洋，恐怕要等到冬至期间，才能返回中土。大家莫要埋怨前往东洋册封琉球王的舟船太小，那里面端放着的皇帝诏敕一定能够压制住喧腾的海波，让我们都化险为夷。

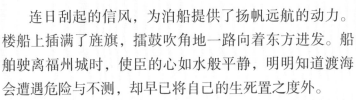

清 佚名 《进贡船那霸港归帆图》

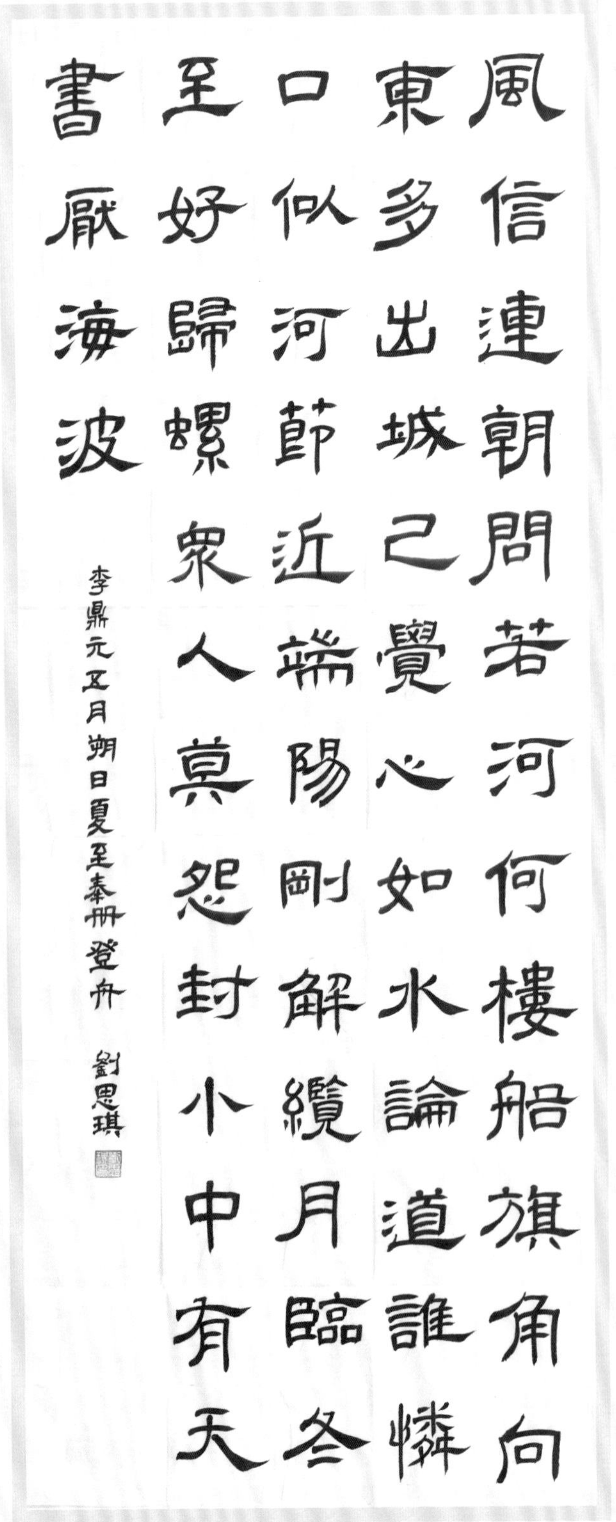
風信連朝問若河何樓船旗角向
東多出城已覺心如水論道誰憐
口似河節近端陽剛解纜月臨冬
至好歸螺衆人莫怨封小中有天
書壓海波
李鼎元五月朔日夏至奉冊登舟
劉思琪

三等奖
学生姓名：刘思琪
指导老师：柯忠伟
就读学校：宁波市北仑区三山学校

科普知识点

众人莫怨封舟小，中有天书压海波

琉球从明朝开始成为中国的附属国，其国王嗣位要奏请中国皇帝册封，经敕谕（皇帝的诏令）才算是合法继位称王。琉球位于福州东面的茫茫大海中，使团前往册封需要专门的船舶——册封舟。明清两朝，中国共派出23次册封使团，册封舟在中琉500多年的友好交往史上发挥了重要的作用。

崇明 3 桅 3 帆沙船（长：330 厘米 宽：75 厘米 高：243 厘米）

沙船是中国古老的船型之一，它的历史可以追溯至商代，发源于长江口及崇明一带，宋代称“防沙平底船”，元代称“平底船”，明嘉靖年间开始通称为“沙船”。沙船的主要特点有：第一，船底平能坐滩，不怕搁浅，即使在大风浪中也很安全，特别是风向、潮向不同时，因船底平吃水浅，受潮水影响小比较安全：第二，能调帆使斗风，顺风逆风都能航行，甚至逆风逆水也能航行，适航性好，第三，稳定性好，有各项保持航行稳定性的设备，如披水板：第四，多桅多帆，帆高利于使风，吃水浅，阻力小，快航性好，沙船又被称为上海的家乡船。上海古有“沙船之乡”的称号，上海在设计市徽时就是把沙船放在正中间寓意上海港，表达了上海以沙船兴市的特殊历史含义。

结语

东风万里共潮声，正是扬帆起航时。

与古人涉海活动相应和，历代文人墨客创造了绵绵不断、熠熠生辉的佳作。当诗人们眺望蔚蓝海面，那波涛起伏、冷峻苍茫的远航景象，使他们被深深震撼。

这些描写航海和舟船的美丽诗篇，记录了人们通江达海、漂泊远航、乘风破浪、去国怀乡等多种情感，也反映了一代又一代中国人追求自由、探索未知、崇尚自然的精神。

这些宝贵的海洋文化遗产，是中华民族生生不息的文化沃土，见证了中华儿女从内陆走向滨海、进而航向深蓝的探索，也滋养着今天的人们劈波斩浪、奋楫远航！